Un amour retrouvé

Du même auteur

Une confession, Stock, 2009 ; Flammarion, 2019.

Retrouver Estelle (avec Éric Mouzin), Stock, 2011.

Un retraité, Stock, 2011 ; rééd., *Chirac intime*, Flammarion, 2019.

J'ai mis mon fils chez les cathos, Belfond, 2014 ; France Loisirs, 2015.

Un clafoutis aux tomates cerises, Flammarion, 2017 ; édition illustrée, 2019.

Véronique de Bure

Un amour retrouvé

roman

Flammarion

ISBN : 978-2-0814-2176-9

À mes fils,
Erwan et Titien

À mes grands frères, Éric et Xavier

À Monique, Bénédicte, Élizabeth,
Odile et Véronique

Juillet 1996

Tout de suite, en haut de l'escalier, j'ai vu le rai de lumière sous la porte de ta chambre. C'est notre code à toutes les deux : si la lumière est encore allumée, je peux entrer te dire bonsoir ; si elle est éteinte, c'est que tu dors ; nous nous dirons bonjour le lendemain matin. Il est plus de minuit, ce n'est plus aujourd'hui, pas encore demain et c'est éclairé. Je frappe doucement et, sans attendre ta réponse, j'entre.

Tu es couchée. Enfin, pas tout à fait. Tu n'es pas allongée. Adossée à ton oreiller chiffonné tu es assise, la tête droite, les pieds sous le drap froissé, les mains posées sur la couverture bleue, comme abandonnées. Il s'est passé quelque chose. Quelque chose qui a fait tomber tes bras, complètement relâchés, le long de ton corps.

Je te regarde, étonnée, un peu groggy après une journée de bureau et plus de trois heures de voiture. Tu as perdu dix ans. Tes yeux sont pleins d'étoiles, très éveillés pour l'heure tardive. Il fait frais dans la chambre, la nuit tu laisses toujours la fenêtre ouverte à l'espagnolette. Je ramène sur ma poitrine les pans de ma veste, j'ai un peu froid, j'ai sommeil. Dans ta chemise de nuit rose pâle à fines bretelles, à peine plus épaisse qu'un voile, tu nages en plein printemps.

Mon regard glisse sur le drap de lin recouvrant tes genoux. À côté de tes lunettes, une enveloppe bleu ciel, des papiers épars. Trois feuillets, format bloc de correspondance d'autrefois, recouverts d'une écriture marine, fine et serrée.

« Bonsoir maman, tu ne dors pas ?

— Il m'arrive une drôle d'histoire. »

Je suis fatiguée. J'ai envie d'aller me coucher. La route a été longue depuis Paris. Oubliant ton âge, je pense : « Elle est amoureuse. » Et je m'assois sur le lit.

Je ne sais pas pourquoi j'ai pensé ça.

Je crois que j'ai toujours su que tu retrouverais quelqu'un. Peut-être parce qu'au fond de moi c'était ce que je voulais pour toi. Parce que j'avais l'habitude que mes désirs se réalisent. Que tout, tout le temps, et tu me le reprocheras plus tard, tourne selon ma volonté.

Peut-être aussi parce que papa en parlait souvent. Lui qui aimait commencer ses phrases par « quand je serai veuf… », t'enterrant une bonne vingtaine de fois par semaine, semblait ne pas en croire un mot. Suivaient d'ailleurs des projets improbables, « je me ferai moine, au pain sec et à l'eau », une vie d'ascète priant dès matines pour le repos de ton âme agitée. Travaillé par l'idée de son veuvage, il n'en envisageait pas moins le tien. Loin de t'imaginer une vie de couventine, il disait que si tu te retrouvais seule un jour tu ne le resterais pas longtemps. Je l'ai tant entendu te le dire que j'ai dû intégrer la chose comme certaine. Je me le rappelle s'amusant à chercher parmi ses « camarades », comme il les appelait, celui qui pourrait faire l'affaire. Ceux qu'il te proposait ne t'emballaient pas. Ils n'étaient pas très drôles, pas très beaux, somme toute très gentils et très ennuyeux. Tu leur préférerais ta solitude.

Quand papa t'a quittée, brutalement, un matin de février, tu t'es effondrée. Il est parti à côté de toi, tout près de toi, allongé à l'endroit même où nous nous retrouvons assises à cette heure du milieu de la nuit où nous devrions dormir. Après cinquante ans de vie commune, on s'attache ou on se hait. Tu t'étais attachée. Un attachement sage et profond, sincère et sans passion, un attachement de fin de vie.

Alors moi aussi, après son départ, j'ai pensé que tu ne resterais pas longtemps seule.

On venait de fêter tes soixante-dix ans. C'était à la maison, à Paris. Papa était fatigué, sur les photos que j'avais fait développer, récupérées une semaine plus tard, il apparaît pâle et amaigri, le regard usé, flottant dans sa veste de tweed gris. On dit parfois que la mort s'imprime avec un peu d'avance sur un visage. Aujourd'hui encore, je ne peux regarder les photos sans avoir cette pensée. Nous tous réunis, toi rayonnante et lui si blême, comme absent, déjà. Trois jours après votre retour, à son réveil, il suffoquait. Paniquée, tu avais appelé le médecin de famille, puis le Samu, trente-cinq kilomètres de routes de campagne mal signalisées, ils t'avaient rappelée, l'ambulance ne trouvait pas le chemin, tu as cru devenir folle, et papa qui s'agitait, « je vais passer, je vais passer… ». Puis il s'était tu, sa respiration s'était ralentie, et c'était fini. Le médecin de famille était arrivé, avait constaté le décès, et l'ambulance perdue avait fait demi-tour.

Après, il a bien fallu continuer. J'ai eu peur de ta tristesse, peur de ta solitude. Même si devant nous tu t'efforçais d'être joyeuse, plus qu'un plaisir, vivre était devenu une obligation. Les événements semblaient passer sur toi en te frôlant, les joies comme les peines t'effleuraient sans plus te pénétrer. Plus rien ne paraissait t'atteindre vraiment. J'avais mal. Papa était parti, je l'avais définitivement perdu, et toi tu étais toujours là, mais tu n'étais plus tout à fait vivante. J'étais orpheline.

Tu as mis un peu de temps à revivre, je m'inquiétais. Puis tu as réappris. Les gestes du quotidien, les sourires un peu tristes, comme au bord des larmes. Tout doucement la vie a commencé à te revenir, pas tout à fait comme avant, mais comment aurait-ce pu être comme avant, tu n'étais plus deux, et tu n'avais plus vingt ans. Tu te forces un peu, tu prends des nouvelles, fais mine de t'intéresser ; quelquefois le soir, quand tu as un coup de cafard, tu te sers un petit verre de muscat avec quelques biscuits salés. Ton regard bleu s'est un peu délavé, de plus en plus souvent il s'embrume et tourne au gris. Toi qui savais si bien retenir le temps, à présent les jours glissent sur toi, tu te laisses porter sans plus chercher à le ralentir, il coule et t'emporte vers un ailleurs que, parfois, tu sembles souhaiter. Tu m'assures que tout va bien, pourtant, tu me souris avec ce léger haussement d'épaules, à peine perceptible, qui me fait mal. Tu es si jolie.

Parfois je te taquine. Je te demande en riant si tu vas te remarier. Tu lèves les yeux au ciel, « je suis tellement tranquille, que ferais-je d'un homme dans mes pattes ? ». Sans compter, ajoutes-tu, qu'il te faudrait le nourrir, faire à nouveau de la « vraie tambouille »... Alors je te suggère de prendre un chien, une compagnie chaude et affectueuse pour juste deux gamelles de croquettes par jour, plus rapide qu'un gratin dauphinois ou un hachis Parmentier. Là encore, tes yeux au ciel. D'abord, tu n'aimes pas particulièrement les chiens. Ensuite, qu'en faire quand tu t'absenterais ? Un chien, comme un homme, c'est encombrant. Tu ne veux ni l'un, ni l'autre. Ni laisse, ni fil à la patte.

À un moment pourtant il y a eu cet homme, un « monsieur bien » de la région. Avec tes amies, vous partiez en bande assister à des conférences qu'il donnait en ville sur l'Égypte ancienne. Plutôt bien de sa personne, cultivé et disponible, depuis qu'il avait perdu sa femme il était devenu la coqueluche des veuves. Certaines amies de trente ans devenues rivales se sont brouillées. Las, le monsieur bien avait fini par convoler avec une dame venue d'ailleurs. Serrées dans leur dépit, les ennemies d'une saison se sont rabibochées. Toi, tu n'as eu à te réconcilier avec personne. Même si tu me parlais de lui avec dans les yeux un je-ne-sais-quoi de frisotté, tu étais restée au-dessus de tout cela, drapée dans ton veuvage auquel tu semblais déterminée à ne jamais mettre fin.

Tu as toujours plu aux hommes. Papa n'était pas jaloux, ce qui te désolait. Il s'en fallait de peu qu'il ne te pousse dans d'autres bras. Il était si fier de toi. Fier que tu séduises, fier de t'entendre rire avec d'autres, toi qui riais si peu avec lui. Toi qui, avec lui, paraissais parfois t'ennuyer.

Après papa, tu ne veux donc personne. Tu le répètes, sûre de toi, pourtant j'ai peine à te croire. Regarde-toi, maman. À soixante-treize ans, même si parfois le moral vacille, tu tiens la vieillesse à distance et les affres de l'âge en respect. Tu as toujours la voix fluette d'une jeune fille et le regard qui pétille même en gris. Tu as de la chance. Tu es avenante, élégante. Tu as de l'esprit, une douceur d'apparence et un rien de coquetterie discrète. Bien des atouts pour charmer un veuf en mal de compagne.

Jusqu'à cette nuit, je me plaisais à imaginer auprès de toi quelqu'un d'ici, un monsieur « bien » d'à peu près ton âge qui viendrait adoucir ta fin de vie dans cette campagne bourbonnaise un peu rude. Cela aurait été trop simple. L'homme qui vient de faire irruption dans ta vie vit à plus de quatre cents kilomètres. Loin d'ici, et si loin d'aujourd'hui aussi. Après cinquante-deux ans de silence, celui dont tu n'avais jamais compris pourquoi il s'était évanoui vient de réapparaître.

Ton premier amour.

Xavier. L'homme de ton passé ne porte pas un prénom d'autrefois. Xavier, comme mon frère, le second. Un hasard, assureras-tu.

Xavier de L. Oui, l'homme de tes vingt ans a une particule, comme toi. On ne se mélangeait pas, à l'époque. Même milieu, même langage, mêmes gestes, et pourtant.

C'était à Paris, juste après la guerre. Un déjeuner chez tes parents, dans l'appartement bourgeois de la rue Jouffroy. C'est là que vous vous étiez vus pour la dernière fois, qu'il avait effleuré ta main, t'avait souri, avait promis. Puis il avait disparu. On s'était étonné, et on s'était tu. Dans ces familles-là, on ne parle pas des choses qui fâchent. Depuis, ton orgueil t'avait murée dans un silence déçu. Tu y avais cru. Tu l'aimais, il t'épouserait. Les jours avaient passé puis les semaines et les mois, grignotant l'espoir, nourrissant le dépit. Plus tard, des rumeurs avaient circulé, cruelles ; il en avait épousé une autre, une dont la famille avait plus d'argent. C'était ce qu'on avait raconté.

Peu de temps après, chez une amie, une nuit de Saint-Sylvestre, tu avais rencontré papa. Alors qu'il t'aidait à préparer une mousse au chocolat, tu l'avais détaillé, amusée. Il n'était pas vraiment beau, une drôle de petite tête sur un corps sec et longiligne. Très vite il avait manifesté l'envie de te revoir. Tu l'avais invité à se joindre au groupe d'amis avec lesquels tu sortais danser. Un an plus tard, vous étiez mariés.

Tu m'as si souvent parlé de lui.

Depuis l'enfance je suis ta confidente, comme tu es la mienne. Je crois tout savoir, ou savoir beaucoup, de tes bonheurs et blessures passés ; et de ma vie, mes petites joies et mes chagrins dérisoires, je ne te cache rien. Depuis toujours je me regarde en toi comme dans un miroir. Longtemps je me suis dit que, plus tard, je serais toi. Plus tard, moi aussi je couperais mes cheveux pour les mettre en « mise en plis », plus tard j'irais chez le coiffeur pour camoufler mes cheveux gris, plus tard je me marierais, j'aurais des enfants et vivrais une vie bien réglée de mère de famille. Plus tard, je serais bien rangée. Ça ne s'est pas tout à fait passé comme ça. Plus tard, je suis devenue moi, en comprenant que moi n'était pas toi. Que notre fusion ne serait pas éternelle.

Fusionnelles, nous l'étions depuis ma première cellule. À tel point que le jour de ma naissance, je devais me trouver si bien dans mon cocon maternel que, déjà, je ne voulais plus le quitter. La première partie de moi que j'avais offerte au monde avait été mes fesses. J'étais née à l'envers.

Pendant près de quatorze ans, papa et toi aviez été les heureux parents de deux garçons. Quand je suis arrivée, vous êtes devenus ceux d'une enfant unique. À l'âge des premiers souvenirs, je n'avais déjà plus de grands frères. Ils étaient toujours là bien sûr, mais ailleurs. Je les vénérais comme de jeunes oncles que l'on ne voit qu'épisodiquement et qui font rire les enfants. Le quotidien, c'était papa, maman et moi. Très vite c'était devenu, surtout, toi et moi.

J'étais une enfant choyée. Tout tournait autour de ma petite personne, ce qui me convenait parfaitement. Mes frères, d'abord honteux de la grossesse de leur mère à un âge qui leur semblait indécent, bêtifiaient autour de ce poupon joufflu avant, des années plus tard, quand le poupon serait devenu une adolescente efflanquée que par dérision ils surnommeraient « l'enflure » puis une adulte égocentrée, de marquer un certain agacement.

« S'il t'arrivait quelque chose, je ne pourrais plus vivre », me répétais-tu. Comme tout enfant je crois, je pensais la même chose. La vie l'une sans l'autre ne serait pas possible. Et papa dans tout ça ? Papa, oh papa, on ne le voyait pas beaucoup. Il travaillait pendant que nous nous distrayions l'une l'autre. Il gagnait notre pain quotidien et nos vacances d'hiver et d'été. Il le disait souvent : « Je ne suis bon qu'à payer, mon vieux. » Il faisait mine de se plaindre, en réalité il adorait notre duo. Plus tard je m'interrogerais. Et s'il en avait souffert ? S'il s'était senti exclu ? À l'époque, je ne me posais pas ce genre de question. Je n'avais pas encore l'âge, et tu ne l'avais plus. Nous nous arrangions avec notre conscience, toi et moi. Une conscience pour deux, ou presque.

Mon arrivée était venue illuminer ta vie sans grande fantaisie, l'existence sage mais heureuse d'une mère au foyer, tricotant, cuisinant, jouant au bridge et au tennis. Papa travaillait beaucoup, tard le soir dans son bureau près du salon, pendant que nous regardions à la télévision ce qu'il appelait « vos feuilletons insipides ». Vous ne partagiez pas grand-chose, lui et toi. D'une manière générale, les jeux qui t'amusaient l'ennuyaient. Plutôt chétif, peu sportif, il faisait un piètre partenaire de tennis, préférant profiter de se retrouver encagé avec toi pour discuter plutôt que frapper dans une balle qui, de toute façon, n'allait jamais où il voulait. Il ne jouait pas non plus au bridge, jugeant la chose assommante. « Ta mère est encore allée taper la carte », se désolait-il lorsqu'en rentrant de l'école je ne te trouvais pas à la maison. Lors des « dîners bridge » qui rythmaient votre vie provinciale, il passait la fin de soirée avec le notaire qui n'aimait pas non plus taper le carton. Ensemble, ils attendaient que s'achèvent ces parties interminables. Parfois, à la faveur d'un désistement de dernière heure, l'un d'eux était invité à la table de feutrine verte pour « faire le mort ».

Comme beaucoup de femmes de ton milieu, tu avais un groupe de bridge que vous receviez à tour de rôle chaque mardi. Je n'aimais pas ces mardis ou tu « avais » ton bridge. Quand je rentrais de l'école, dès le palier, l'appartement d'ordinaire si calme bruissait de voix claires et de rires distingués. Surtout, il y avait ce parfum si particulier. Un mélange puissant d'eaux de toilette, de thé de Chine, de gâteaux et de tabac qui me prenait à la gorge. Je te disais, un peu agacée, « ça sent tes bonnes femmes ». Cette agitation signifiait que tu ne serais pas à moi avant deux bonnes heures encore. Je me faufilais sans bruit jusqu'à ma chambre pour déposer mon cartable, rasant le mur du couloir pour ne pas être vue, ce qui m'aurait contrainte à aller dire bonjour. Je passais devant le bureau de papa dans lequel il s'était enfermé, renonçant à sa tasse de thé rituelle de l'après-midi. Je détestais ces jours-là quand, privée de ta présence, je me retrouvais toute seule dans la cuisine pour prendre mon goûter, devant la table en formica jaune, avec personne à qui parler.

Les jours ordinaires tu venais avec moi, tu me préparais des tartines de faisselle faite maison avec le lait de la ferme, saupoudrées de sucre roux. Pendant que déjà, ayant passé ta blouse de nylon bleue, tu t'affairais autour de l'évier ou du four, étalant au rouleau une pâte brisée ou épluchant les légumes pour la soupe quotidienne, je te faisais le récit détaillé de ma journée, mes notes, mes copines, mes disputes. Quelques années plus tard, dans cette même cuisine, je te raconterais mes premiers émois amoureux et chagrins d'adolescente. Le grand frère de ma copine Françoise dont les parents tenaient l'hôtel des Bains-Callou à Vichy, avec qui je m'étais fiancée sur le trottoir, il m'avait offert une bague bleu marine en émail, deux fois trop grande, qu'il avait fabriquée au centre aéré. Thierry, le fils d'une de tes amies, à qui j'avais remis une lettre remplie de petits cœurs et de je t'aime, il paraît que ça lui avait fait peur… Puis il y avait eu Philippe, dont je rêvais qu'il m'enlève à la sortie de l'école sur son 104 Peugeot orange, tu lui trouvais « une bonne tête ». Avec toi, j'ai pleuré aussi. Sur Didier, qui m'avait laissée tomber pour une grande de treize ans, la fille du docteur, qu'il avait embrassée pour de vrai, avec la langue. Sur Frédéric, qui était revenu à son ancienne petite amie après que je l'avais « trompé » à une boum de vacances. Sur Bertrand, qui était sorti avec moi pour se venger d'une autre. Tu étais aussi celle qui devait dire au téléphone que je n'étais pas là quand c'était moi qui me lassais.

Je te disais tout. Mes amies trouvaient ça étrange. On ne se raconte pas à sa mère. Assise avec toi en mâchouillant mes tartines, je te demandais conseil, brûlais de savoir « Comment tu le trouves ? Il est beau, hein ? », à quoi tu répondais toujours « Beau ?… Je ne sais pas… Ce n'est pas ce qu'on demande à un homme. Ton Frédéric, ce n'est pas un homme, c'est un gamin ».

Combien de larmes versées sur le formica jaune, combien de pleurs as-tu apaisés en prétendant me convaincre que « plus tard, tu verras, tu en riras », ce qui me mettait hors de moi ; était-ce là toute la considération que tu avais pour les drames que je vivais ?

Et puis il y avait le chanteur. La nuit, tu te réveillais avec dans la tête ses chansons que je me passais en boucle jusque tard le soir. J'écoutais ses disques sur le vieil électrophone de papa, ramenant inlassablement l'aiguille du gros bras crème sur le tout premier sillon noir du vinyle. Avec du papier Canson et du scotch, j'avais fabriqué des pochettes dans lesquelles je glissais mes 45-tours, punaisant celles d'origine aux murs de ma chambre, recouvrant le papier peint beige aux oiseaux blancs. Chaque soir, juste avant d'éteindre la lumière, j'arrêtais mon regard sur l'un des visages boudeurs de mon chanteur pour m'endormir avec lui. J'en étais convaincue : jamais, jamais je ne pourrais en aimer un autre. Tu riais : « Le jour de ton mariage, je te le rappellerai ! » J'enrageais. Tu ne me prenais pas au sérieux.

De ces années de province entre papa et toi, je garde le souvenir de ce bloc que nous formions. Il y avait papa, et puis il y avait nous deux, moi avec toi, ma meilleure amie.

« Crois-tu que je puisse l'inviter à déjeuner… ? »

Comme autrefois, nous sommes attablées dans ta cuisine, devant nos tasses de thé fumant et nos tranches de pain beurrées. Ce n'est plus celle de mon adolescence, l'appartement d'autrefois a été vendu quand papa et toi êtes venus vous installer dans cette maison, celle de vos premières années, quand c'était encore celle de ta belle-mère. Le formica jaune a été remisé au grenier, la table d'aujourd'hui sent bon l'encaustique. Le temps a passé, le décor a changé, mais l'intimité est la même.

Tu as posé la question timidement, rosissant comme une petite fille qui s'apprête à commettre une bêtise. Tu n'as pas dû beaucoup dormir.

J'approuve l'idée, bien sûr. Cette histoire m'amuse follement.

Il faut dire que la lettre que tu m'as donnée à lire cette nuit est très drôle. Le monsieur avance tout en douceur. Il t'écrit avoir vu « par hasard » ton nom dans le *Bottin mondain*, cet annuaire des bien-nés et aspirants de toute condition à une aristocratie qui ne fait plus rêver que ceux qui n'en sont pas. Lui en est un, aristocrate, un vrai et de vieille souche. Toujours « par hasard », il a lu que tu étais veuve, ce qui l'a désolé, et il te présente ses plus sincères condoléances. Lui-même, te glisse-t-il, a perdu sa pauvre Michèle une année plus tôt. Que voulez-vous, la vie est ainsi faite qu'à moins d'être rappelé avant par le bon Dieu nous sommes condamnés à voir partir celle, celui, que nous aimons. Que voulez-vous, oui, parce qu'il te vouvoie.

Au terme de deux pages d'une petite écriture fine et serrée où il s'attache à faire resurgir des souvenirs vieux d'un demi-siècle – « il me semble vous avoir portée sur le cadre de ma bicyclette… » –, il en vient enfin au but de ce long monologue : il se trouve qu'il doit se rendre à Lyon, chez l'une de ses filles, en septembre prochain. Or il a vu « par hasard » que tu habites l'Allier, pas très loin de Lyon (!) et à tout le moins sur son chemin, et se propose, si tu le veux bien, si tu te souviens de lui, si cela n'est point trop t'importuner, de venir te rendre une visite.

Si tu te souviens de lui…

J'ai toujours cru que vous vous étiez connus à Paramé, près de Saint-Malo, où tes parents possédaient une villa sur la plage. Tu me corriges. Tu l'as connu à Paris, par des amis communs. La maison de Paramé, un crève-cœur, avait été vendue. Quand tu l'as rencontré il faisait l'École de guerre, ou Saint-Cyr, tu ne sais plus, en tout cas une affaire de militaire. Il jouait au tennis, bridgeait, montait à cheval. Il avait vingt-quatre ans et toi bientôt vingt-deux. Cinquante-deux ans ont passé depuis. Cinquante-deux ans !

Tu as beau chercher dans ta mémoire pour me le décrire, tu ne parviens pas à retrouver son visage. Blond, brun ? Tu ne sais plus. Tu te souviens de mots échangés, d'une complicité diffuse et de l'émotion que provoquait en toi l'évocation de son nom, l'idée de le voir, de lui parler. Tu t'en souviens parce qu'aujourd'hui, un demi-siècle plus tard, c'est la même émotion qui te serre le cœur. Elle est là, intacte. À soixante-treize ans, tu as vingt ans.

Tu m'as raconté cent fois cette histoire d'amour qui n'avait pas fini mal, c'était pire, elle n'avait jamais fini. Tu ne l'avais plus revu, c'était tout. Pourquoi t'avait-il quittée ? Tu n'avais jamais compris, jamais eu de réponse à tes interrogations. Aucune parole, aucune lettre n'était venue mettre un terme à votre lien.

Quand, quelques jours après avoir reçu sa lettre, tu appelleras Huguette, ta cousine germaine, ta presque jumelle si proche de toi depuis l'enfance, lui annonçant, encore étourdie, que tu vas revoir un de tes amours de jeunesse, elle ne te laissera pas achever ta phrase :

« Tu as retrouvé Xavier de L. », dira-t-elle simplement, comme une évidence.

Je suis émerveillée. Ainsi donc, à soixante-dix ans passés, on peut encore rêver, avoir l'œil qui frise, le cœur qui s'affole. Car c'est bien ce qui est en train de se passer, maman. Et cela te va si bien. Ton visage est comme lissé, repassé. En un jour, ton regard semble avoir passé de l'étain à l'argent, il brille à nouveau. Et surtout, tu ris maman. Tu ris, toi qui ne riais plus beaucoup depuis le départ de papa.

Pour la première fois depuis deux ans, je rentre à Paris le cœur léger. Je sais que cette fois, tu ne compteras pas les jours jusqu'à notre prochaine visite. Tu as quelqu'un d'autre à attendre.

Je pense à toi. Depuis ce matin je ne fais que ça, penser à toi. Des mots bleus sur du papier vélin et déjà tu n'es plus seule. Ce week-end, plusieurs fois je t'ai sentie partir. Tu n'étais plus avec nous, tu n'étais plus aujourd'hui. Tu ne cessais de tourner en rond, étourdie par ce bond inattendu dans ton passé, inquiète et joyeuse à l'idée de l'avenir. Vous alliez vous revoir. Il te suffisait de lui répondre et dans quelques semaines il serait là, chez toi. Alliez-vous vous reconnaître ? Et que se dire après si longtemps ? Comment reprend-on une conversation figée depuis un demi-siècle et interrompue sur un malentendu ?

Je t'appelle le lundi matin, puis les jours suivants. Ta voix est fraîche, rajeunie. Toi qui n'as jamais aimé le téléphone ne sembles plus aussi pressée de raccrocher.

Après deux ou trois brouillons, tu lui as finalement répondu de ta grosse écriture ronde et bleue, une lettre presque aussi longue que la sienne, lui proposant de venir déjeuner « en toute simplicité ». Ce que, le temps d'un aller et retour de courrier, il a accepté avec joie.

Septembre t'a-t-il jamais paru aussi loin, l'été aussi long ?

Le hasard a voulu que ce même juillet, ta jeunesse te rattrape une seconde fois. Par l'entremise d'une connaissance commune, un autre homme de ton passé a reparu. Celui-ci s'appelle Alain de P. Une particule, encore. Lui aussi vit à l'ouest de toi, en Bretagne. Lui n'a pas d'intention particulière à ton égard, il s'est juste dit enchanté de te savoir en vie et trouverait amusante l'idée de te revoir. Et il t'a téléphoné.

Tu n'en reviens pas de ces remontées inattendues de ta mémoire, l'une paraissant entraîner l'autre, et de ces retours en arrière, à en perdre ton âge et ne plus savoir lequel, de ton passé ou de ton présent, est aujourd'hui.

Lorsque au début d'août nous allons passer quelques jours dans le Finistère, nous sommes invitées à prendre le thé dans sa maison, sur les bords de l'Odet. Ce drôle de petit homme, vif et sautillant, est veuf depuis longtemps et, à l'écouter, il n'a jamais été aussi heureux que depuis qu'il vit seul, en tête à tête avec lui-même.

La maison est une très belle longère où le temps semble s'être arrêté depuis longtemps. Dans le parc, de ce qui naguère fut un court de tennis ne subsiste que le grillage rouillé à l'intérieur duquel poussent des épis de blé. Tout au fond du jardin en pente douce, là où la terre rejoint l'eau, une vieille barque est accrochée à un petit ponton moussu.

Dans le salon où des draps poussiéreux recouvrent les fauteuils, étranges spectres immobiles, je vous écoute convoquer le temps perdu, celui des surprises-parties, des soixante-dix-huit tours et des gramophones valises, des soirées au Français, de Louis Jouvet et du fou chantant.

Comme une transition avant le jour des retrouvailles.

Aux premiers orages d'août, tu commences à guetter le raccourcissement des jours et l'envolée des feuilles. Dans ton gros agenda noir, à la date du jeudi 26 septembre, à l'heure de midi, de ta belle écriture ronde tu as écrit : « Xavier de L. »

C'est aujourd'hui. Dans quelques heures, il sera là. Fantôme du passé, bien vivant devant toi. Tu n'y crois pas encore tout à fait. Quelle histoire, ne cesses-tu de répéter chaque fois que nous nous parlons au téléphone. Tu vas le voir, tu vas entendre sa voix, comme il y a cinquante ans, rue Jouffroy. Mais cette fois, tu seras seule avec lui.

Tu te tortures. Quelles sont ses intentions ? Se rappelle-t-il seulement t'avoir aimée ? Mais t'a-t-il vraiment aimée ? Quitte-t-on comme cela, sans un mot, une femme que l'on aime ? N'est-ce pas toi qui as imaginé tout cela ? Depuis une semaine, devant le miroir de ta salle de bains, tu enfiles une robe puis une autre, plus courte, plus longue, une jupe finalement, la blanche, non la rouge, avec ce chemisier-là, ou plutôt celui-ci, tu cherches ce qui t'ira le mieux au teint, la tenue qui te flattera. Tu soupires. À quoi bon ? La dernière fois qu'il t'a vue, tu avais à peine plus de vingt ans. Comment pourrais-tu à nouveau lui plaire ? Le temps passe si vite sur le visage des femmes.

Quand je t'appelle ce matin de septembre, je te dérange. Tu es dans un état d'excitation extraordinaire. Après avoir longuement hésité, tu t'es décidée : pour le déjeuner, tu feras une pintade avec des tomates à la provençale. Tu es déjà en pleins préparatifs. Au bout du fil, fébrile, tu parles à toute allure et j'ai du mal à te suivre alors que tu me soumets les questions qui se bousculent dans ta tête depuis la veille. Où allez-vous déjeuner ? Dans la salle à manger ? Un peu solennel. Dans la cuisine ? Trop familier. Dans le petit fumoir ? Trop intime. Alors, dehors ? Tout dépendra du temps bien sûr, ce matin il fait plutôt beau mais ça peut changer si vite. Que dit la météo ?

« Je te laisse, il faut que j'y retourne, je ne serai jamais prête ! »

Il est à peine dix heures du matin.

Je regarde papa qui sourit sur la cheminée, une gitane papier maïs aux lèvres. Papa qui, hasard du calendrier, aurait eu soixante-dix-sept ans aujourd'hui. T'a-t-il jamais mise dans un tel état ? Pourquoi ai-je toujours eu le sentiment que papa était plus amoureux de toi que toi de lui ?

Tu n'as pas toujours eu la vie facile avec papa. Très tôt après votre mariage il avait brutalement perdu son père et avait dû modifier vos projets d'avenir. Oubliés le poste aux Messageries maritimes et le départ pour l'Afrique. Toi, la Parisienne intellectuelle et cultivée, pas campagnarde pour un sou, que la boue effarouchait autant qu'une vache ou une souris, tu as dû boucler ta valise et venir t'installer là où tu vis à présent, au fin fond du Bourbonnais, dans un coin perdu de l'Allier, entre Vichy et Moulins. Il a bien fallu t'y faire, tu n'avais guère le choix. Vous avez emménagé dans la maison familiale où vivait encore ta belle-mère, vieille femme austère qui ne t'aimait guère. Papa non plus n'avait pas eu le choix. L'un des fils devait s'occuper de sa mère qui ne savait rien faire de ses dix doigts, il était l'aîné et ce fut lui. Pendant dix ans, tu as vécu là, pas vraiment chez toi, avec deux petits garçons nés peu de temps après votre mariage.

Je ne peux t'en vouloir d'avoir un peu « flirté », comme tu disais, avec tel ami de papa, allant jusqu'à échanger un baiser dans sa voiture. Ni, des années plus tard, d'être tombée amoureuse de celui qui me mettrait au monde, le Dr B., même si, m'as-tu toujours assuré, il ne s'est jamais rien passé.

T'arrivait-il alors de repenser à ton premier amour, celui de la rue Jouffroy ? Avais-tu des regrets ?

Où en étiez-vous, papa et toi, lorsque, quatorze ans plus tard, je suis arrivée ? Je repense à cette phrase tant de fois entendue, « S'il t'arrivait quelque chose, je ne pourrais plus vivre ». Que représentais-je vraiment pour toi ? M'aimais-tu pour ce que j'étais, de cet amour inconditionnel des mères ? Ou bien n'étais-je qu'un dérivatif à ta tristesse, un fil fragile entre papa et toi, un ciment entre deux pierres déjà usées ?

Quand je t'appelle le lendemain, c'est à peine si j'existe au bout du fil. Tu es sur un nuage.

Vous avez déjeuné dehors, il faisait beau. Tu as tout fait brûler, la pintade et les tomates, mais aucune importance, il ne s'en est pas aperçu. Après le café, vous êtes allés vous promener. Dans les bois, derrière la maison. Et vous avez parlé, beaucoup. Du passé, de la guerre, des amis communs de l'époque, de Paris. Tu lui as même proposé de taper quelques balles de tennis, il a décliné poliment, arguant avec coquetterie qu'il n'avait pas ses affaires. Pouvait-il seulement se douter qu'à soixante-treize ans tu avais gardé un sacré coup de raquette ?

Puis tu as voulu lui montrer le potager, là où le soleil chauffe encore en cette fin d'été. En septembre, il y a encore des fleurs, les dahlias que tu aimes tant, quelques derniers œillets de poète aussi. Tu me dis espérer qu'il reviendra au printemps, tu aimerais qu'il voie les pivoines roses, tes préférées, qui d'avril à juillet bordent l'étroite allée de gazon entre les rangées de haricots verts et les framboisiers. Vous avez poussé jusqu'au mur de pierre tout au fond, passant les ruches bourdonnantes et les cerisiers, puis vous avez fait demi-tour, vous avez marché lentement vers le petit portail. L'ombre commençait à s'étendre sur le potager, bientôt le jour allait décliner, tu voulais le faire s'étirer encore un peu. Et c'est là, tout près du portail de bois blanc, qu'il t'a embrassée. Un baiser chaste, dans le creux de ta joue.

Il est reparti avant la nuit. Il a repris la route, te laissant les bras ballants et la tête à l'envers.

Tu raccroches, pressée de retourner à ta solitude bienveillante que tu vas désormais meubler du souvenir de cette journée avec lui, tournant et retournant chaque phrase prononcée, cherchant derrière chaque mot un sens caché. À peine était-il parti que tu as commencé à l'attendre.

Et moi je reste là, hébétée, ne sachant trop que faire de ce que tu viens de me raconter. J'ai à peine pu te parler, tu ne m'as pas laissé de place, trop avide de revivre ces moments en me les confiant. J'aurais tant voulu savoir. Quel effet cela t'a-t-il fait de le revoir ? Comment vous êtes-vous dit bonjour ? À quoi ressemble-t-il ? Est-il grand ? Beau ? Lui, après tout ce temps, t'aurait reconnue. C'est ce qu'il t'a dit. Mais toi tu dis que non, comment reconnaître ce qu'on a oublié ? Le souvenir que tu avais de son visage était trop flou. De lui ne te restait que la blessure. Elle avait effacé le reste.

Je retourne à mon quotidien. Jamais il ne m'est apparu si morne. Je me sens trop jeune, soudain. Il faut avoir longtemps vécu pour espérer pareille histoire.

Tu lui as posé la question, bien sûr. Enfin, tu allais savoir. Enfin tu allais avoir aujourd'hui la réponse à un demi-siècle d'interrogation. Que s'était-il passé après ce déjeuner rue Jouffroy ? Un demi-siècle plus tard, tu allais connaître la raison de son évaporation. Ne serait-ce que pour cela, cette réapparition était extraordinaire.

Tu y es allée avec précaution. Ne pas le brusquer surtout, ne pas le mettre dans l'embarras. Ne pas interrompre le rêve. Plusieurs fois, tu t'es demandé « est-ce bien réel ce que je suis en train de vivre ? ». « Xavier de L. est-il bien ici, près de moi, dans ma maison, dans mon jardin, à regarder mes arbres, mes fleurs et mes plants de courgettes ? »

Quand il a esquivé, la première fois feignant ne pas comprendre, la seconde ne pas se souvenir, tu n'as pas insisté. C'était trop tôt. C'était trop beau.

Tu n'as pas cherché à savoir où et quand il a rencontré sa femme. De Michèle pourtant, il t'a parlé beaucoup, avec émotion et tendresse. Ça pique un peu. Alors vite tu as chassé la blessure, le temps n'est plus à la jalousie. Même si, tout de même, qu'avait-elle de plus que toi ? Était-ce elle, la cause de ton abandon ?

En repartant de Lyon, il n'est pas repassé te voir. Il est rentré directement chez lui, à Montauban, où il vit lorsqu'il n'est pas dans sa maison des Landes. Le lendemain de son retour, il t'a écrit à nouveau, une feuille format A4, recto verso, qui est arrivée ce matin. Tu as tout de suite reconnu les caractères fins et serrés sur l'enveloppe déposée par le facteur.

Émue, tu me lis les mots que déjà tu sais presque par cœur. À soixante-treize ans, tu viens de recevoir une longue lettre d'amour. C'est une déclaration et elle est magnifique.

Voilà. Tu as un amoureux. Ou plutôt un soupirant. Un ami de cœur comme on en avait autrefois à l'adolescence, un correspondant dont tu attends les lettres avec fébrilité. Quand tu lui as répondu, que c'est son tour d'écrire, tu guettes tous les matins la voiture du facteur. Il t'écrit toujours sur de grandes feuilles. Ton bloc de papier à lettres est deux fois plus petit et ton écriture deux fois plus grosse. Tes lettres peuvent faire quatre ou cinq pages. Écrire à Xavier est devenu une occupation qui remplit tes journées. Parfois, tu m'appelles pour avoir un conseil, sollicites mon avis. Je m'applique à te répondre, m'efforce de t'éclairer.

Tu n'as encore rien dit à mes frères de cette histoire qui recommence. Tu ne sais pas trop comment aborder la chose, tu redoutes qu'ils se moquent, me pries de garder pour l'instant tout cela pour moi, ce que je fais.

De plus en plus souvent, j'ai le sentiment de recueillir les confidences de mon amie Isabelle dont les peines de cœur et les emballements chauffent régulièrement mes oreilles. Les questions sont les mêmes, ces innombrables « qu'est-ce que tu en penses ? », « à ma place tu répondrais quoi ? », « tu crois qu'il tient à moi ? », ce besoin d'être rassurée. Au bout du téléphone j'entends le froissement du vélin, tu me lis une phrase et je dois me faire l'interprète des sentiments qu'il t'exprime entre ses lignes, ceux que la pudeur cache derrière les mots.

Depuis que tu as retrouvé Xavier, toi et moi remontons le temps. Les quarante années qui depuis toujours nous séparent ont brusquement fondu. Peu à peu, à mesure que tu me racontes encore et encore vos retrouvailles, vos mots, tu te rapproches de moi. Tu n'as plus ton âge, tu n'as plus vraiment d'âge.

À ce moment de ma vie, je tourne en rond. À la maison, je sombre peu à peu dans une routine lénifiante. Mon mari est peu présent, le soir il rentre tendu, s'énerve d'un rien. Il n'y a plus grande douceur dans notre relation. Alors que ton cœur réapprend à s'affoler, le mien s'ennuie, ses battements trop réguliers martèlent les secondes d'un temps qui s'écoule au ralenti. Souvent pourtant, j'ai cru déceler chez toi une pointe de jalousie. Il t'arrive d'envier ma vie. Je vis à Paris, ta ville natale, j'habite l'appartement de ton enfance. Tu m'imagines emportée dans un tourbillon brillant, une sphère intellectuelle peuplée de gens « lancés », comme tu dis. Tu oscilles à mon égard entre l'envie et une pointe d'agacement. À la maison tu as quelquefois croisé certains de ces amis « lancés », que tu as vus à la télévision ou en photo dans le journal.

« Tu as de la chance, me répètes-tu, j'aurais bien aimé, moi aussi », exprimant dans un soupir le regret d'une vie que tu n'as pas eue.

Il me semble que jamais nous n'avons été aussi proches l'une de l'autre. Avec la réapparition du disparu de ta jeunesse, les fils de nos vies s'inversent. Quand j'entre en hibernation, toi, au seuil de ton hiver, tu vis un retour de printemps. Alors que doucement tu t'éveilles, j'entre en somnolence.

Pour tenter de me réveiller et reprendre les rênes de mon existence, il y a quelque temps j'ai vu une psychanalyste. Je ne te l'ai pas dit, de toute façon tu n'aurais pas compris. Comme lorsque je passais mes journées, allongée sur mon lit, à lire la *Recherche*, tu m'aurais reproché de me « complaire dans l'introspection ». Tu n'as jamais lu Proust pourtant, tu n'en connais que ce que tu en as entendu dire. Tu as bien essayé, un jour tu m'as emprunté *Du côté de chez Swann*, le livre t'est tombé des mains, tu ne l'as jamais fini. D'une manière générale tu n'aimes pas les récits à la première personne, le « je » t'indispose, tu n'aimes pas que l'on parle de soi. Et que fait-on d'autre que parler de soi sur le divan d'un psy ?

Qu'espérais-je trouver chez cette femme lacanienne, dure, froide, distante, laide, dans ce cabinet sinistre et sombre de la rue Saint-Jacques ? Dès les premières séances, elle avait voulu m'amener à parler de toi, me convaincre que je ne t'aimais pas, que tu n'avais eu de cesse depuis ma plus petite enfance de me rabaisser, de m'empêcher de m'épanouir et de m'aimer. Comment pouvais-je laisser dire cela ? Toi, ma meilleure amie, ma confidente, ne pas t'aimer ?

Très vite, je me suis mise à la haïr, elle. Je redoutais ces rendez-vous hebdomadaires que je devais payer même lorsque, lors d'un séjour à la montagne, je m'étais fait une entorse du genou et, ne marchant qu'à grand-peine avec des béquilles, je devais renoncer à venir déverser mon inconscient chez cette femme terrifiante, ne pouvant plus monter les quatre étages à pied. Et qu'on ne me parle pas de transfert. Elle était aussi maigre que tu es ronde, aussi figée que tu es mobile, aussi grise et fade que tu es rose et pétillante. Tu étais si câline, quand j'étais petite. Je n'ai jamais oublié le moelleux de ta poitrine quand je laissais aller ma tête tout contre ton pull si doux et que tu me caressais les cheveux. Non, cette femme ne pouvait être toi.

J'ai mis fin à ces séances qui me faisaient si mal. Un jour, je ne suis pas allée au rendez-vous. Je lui reste redevable d'une séance, celle que j'ai manquée pour cause d'entorse. Elle n'a pas cherché à me rappeler. Je suis passée par ses pertes et profits et j'ai gardé le bénéfice de ma relation avec toi. Je ne laisserai personne m'éloigner de toi.

Il a bien fallu informer mes frères. Tu l'as fait progressivement, expliquant qu'un ami de jeunesse t'avait écrit. Que tu lui avais répondu. Que vous vous étiez revus. Une seule fois, à la faveur d'un hasard, il passait par là. Que depuis, vous vous écriviez. Que tu l'avais aimé, dans le temps, mais que « les choses » ne s'étaient pas faites. Tu avais épousé papa avec qui tu as été très heureuse et ton ami s'était aussi marié, avec une femme qui lui avait donné cinq enfants, cinq filles, à lui qui aurait tant voulu un fils.

Ils n'ont pas mal pris ces retrouvailles inattendues. Ils n'ont pas vraiment réagi, te laissant avec le sentiment que l'un, réfugié dans une feinte ignorance, s'en trouvait vaguement contrarié, et que l'autre, manifestement indifférent, s'en fichait. Pas de jugement, pas d'approbation non plus. Je crois qu'ils n'ont pas bien compris. Si, contrairement à moi, eux ont partagé ta vie de jeune mère, tu ne leur as pas confié tes émotions de jeune fille, ces épanchements intimes qu'on livre plus facilement à sa fille qu'à ses fils. Et puis il y a la pudeur, aussi. Les questions qu'ils n'osent peut-être pas, une curiosité qui ne se dit pas, un intérêt qui ne sait pas encore s'exprimer, une gêne à l'idée que leur mère, peut-être, n'en a pas fini avec sa vie de femme.

Les vacances de la Toussaint nous ramènent dans ta maison. En ce début de novembre, c'est papa qui nous réunit. Nous n'allons pas fleurir sa tombe, c'est trop loin, une quarantaine de kilomètres, et dans notre famille nous n'avons pas ce culte du cimetière. Je crois que jamais tu n'es retournée sur la tombe de tes parents depuis qu'ils y sont enterrés. Papa, lui, allait régulièrement rendre visite aux siens, il ne comprenait pas notre indifférence. Lui avait besoin de ce contact avec la pierre et le marbre, qui me glace et que je fuis. Nous n'avons jamais acheté de chrysanthèmes, des fleurs que nous jugeons trop communes pour rendre un hommage distingué à nos morts.

La grisaille du ciel ne semble pas t'atteindre. Pour la première fois peut-être depuis que papa n'est plus là, nous ne sommes plus à l'unisson. À l'église où nous t'accompagnons, je me demande où tu es vraiment. Tu es assise à mon côté, ton regard bleu tourné vers l'autel. Depuis longtemps déjà je ne fréquente plus les églises, sauf lors des fêtes familiales, Pâques et Noël, où je m'y rends pour toi, m'y ennuie et ne prie pas. Pour la Toussaint aussi, et à l'occasion de la messe annuelle que tu fais dire pour papa. Sur ma chaise paillée, engoncée dans mon manteau et frigorifiée, je pense à papa. Toi, tu penses à Xavier.

Est arrivée de Montauban une enveloppe un peu plus épaisse qu'à l'accoutumée. Les bords du rabat n'épousent pas tout à fait l'emplacement dédié. À l'intérieur, il a glissé deux lettres. La première est pour toi. La seconde est une copie, l'original ne t'était pas destiné. Il a tenu à ce que tu puisses lire la longue confidence qu'il a adressée à chacune de ses filles. Avant de leur écrire, il ne leur avait pas parlé de toi. Peut-être, pour le faire, voulait-il attendre d'être sûr. Sûr de lui, sûr de toi surtout.

Tu as trouvé la lettre belle, alors tu veux que moi aussi, je la lise. Que moi aussi, je la trouve belle.

« Mes chers enfants, je crois opportun et le moment venu de vous faire, et à vous seulement pour le moment, une confidence me concernant... » Sur trois pages, de sa petite écriture fine et serrée, il raconte. Avec délicatesse, soucieux de ne pas les blesser, leur redisant l'amour qu'au-delà de la mort il continue de vouer à leur mère, il leur parle de toi, Monique, son « premier véridique amour ». « J'aime, en tout bien tout honneur, d'une très affectueuse et profonde amitié, Madame... » Suivent ton nom et celui de ta maison dont il donne l'adresse précise. Dans les moindres détails, il relate votre rencontre, « J'ai eu à l'époque un fort "penchant" pour elle... », vos retrouvailles « pendant ces trop courtes heures » de septembre. Il dit vos deux solitudes, le réveil des sentiments, « nous avons constaté qu'un feu ardent, allumé il y a bien longtemps, et étouffé par la suite, était resté latent à notre insu dans un recoin de notre mémoire. Il s'est ravivé sur-le-champ... », et l'avenir qu'il vous imagine, il insiste, « en tout bien tout honneur ». Il y a cette phrase, que tu aurais aimé m'écrire : « Votre mère ne risque pas d'être remplacée. On ne remplace pas, et loin de nous cette idée, l'époux ou l'épouse qui, pendant des décennies, vous a apporté et donné tant de bonheur conjugal et maternel, ou paternel. »

Et celle-ci, que je trouve tellement touchante venant d'un homme de soixante-quinze ans : « Peut-être ne faut-il pas chercher beaucoup plus loin les raisons de la multiplication, ces derniers temps, de mes oublis, bévues, distractions... »

Il termine : « Je n'ai guère le courage de vous écrire que dans des circonstances importantes. C'en est une. »

Tu me dis qu'il aurait aimé que tu en fasses autant avec nous. Que toi aussi, tu adresses une lettre à tes enfants, une longue explication à chacun de nous. Tu ne l'as pas fait. À quoi bon ? Votre histoire, tu nous l'as déjà racontée. Nous sommes au courant de l'existence de Xavier, et manifestement, avec plus ou moins d'enthousiasme, nous l'acceptons. Mais la seule connaissance de son existence ne suffit pas à dire l'importance qu'il est en train de prendre dans ta vie, la place que déjà il occupe dans ton cœur et celle que tu lui réserves dans le temps à venir.

Cette espèce de distance entretenue entre lui et nous le chagrine un peu. Lui aurait aimé entrer chez chacun de tes enfants comme il t'a fait entrer chez chacune de ses filles. Se faire déposer, à l'encre, sur une feuille de papier.

Sous la boule de gui accrochée au lustre du salon, nous nous embrassons. Je te serre fort dans mes bras, tu te laisses faire, ce n'est pourtant pas dans nos habitudes. Pour la première fois depuis quatre ans, ces mots convenus, usés à s'être trop répétés, ces vœux obligés qui d'ordinaire m'indiffèrent, je te les dis en les pensant. Je te souhaite une bonne et heureuse année, maman.

Autant de bonnes et heureuses années qu'il te reste à vivre, à présent que tu en as retrouvé le goût.

À défaut de vous voir, vous avez accéléré le rythme de vos rencontres épistolaires. Depuis sa première lettre d'amour, des dizaines ont suivi, toujours aussi longues, déversant des mots de tendresse, de douces promesses de retrouvailles, même si où et quand, vous ne le savez pas encore, mais bientôt, oui bientôt. Il faut laisser passer l'hiver, le gris des jours tristes et les routes enneigées qui rallongent les distances.

Ce sont des centaines de lignes de ta grosse écriture ronde et de ses petites pattes de mouche qui voyagent chaque semaine de l'Auvergne à l'Occitanie et du Quercy au Bourbonnais. Avant d'envoyer les tiennes, tu fais toujours un brouillon que tu relis, annotes, ratures, corriges. Tu gardes ensuite le brouillon dans le tiroir de ta table de nuit, et quand la réponse arrive, une à deux semaines plus tard, tu le ressors afin de vérifier qu'aucune de tes questions n'est demeurée sans réponse. Vos phrases, les siennes surtout, sont d'un autre temps. Les sentiments s'y expriment avec une délicatesse extrême et un peu surannée. Ils remontent d'un passé si lointain, les mots qui affleurent sont des mots d'époque.

Vous avez mis des mois avant d'oser le téléphone. Tu n'as jamais aimé ça, ces conversations sans se voir, au bout d'un fil. Tu te sens empruntée, intimidée, mal à l'aise. C'est toujours lui qui appelle, il a besoin d'entendre ta voix, de te sentir près de lui.

Et puis, un jour, il t'invite. Il te propose de venir le rejoindre chez lui, dans sa petite maison des Landes, là où il s'ennuie un peu depuis qu'il est seul. Ses enfants et petits-enfants ne viennent pas beaucoup, il y a bien l'océan pourtant, les plages immenses et les forêts de pins, mais l'endroit est isolé, il faut prendre la voiture pour aller voir la mer.

Tu m'appelles, fébrile. Tu as reçu l'invitation au courrier de ce matin, il va bien falloir lui répondre, et tu ne sais pas trop, tu n'es pas très sûre... Comme souvent à présent, tu as la tête à l'envers.

Que faire ? Accepter ? Hésiter ? Te faire un peu désirer ? Et puis, n'est-il pas trop tôt ? Vous ne vous êtes vus qu'une fois, quelques heures seulement, vous vous connaissez si peu... Alors bien sûr il y a eu vos lettres, tant de mots et de sentiments échangés, mais tout de même, tout cela ne va-t-il pas un peu vite ? Et c'est si loin le Sud-Ouest, il te faudrait aller en voiture jusqu'à la gare de Moulins, puis prendre un train pour Saint-Pierre-des-Corps, près de Tours, attendre une bonne heure le regard rivé à la grosse pendule de la SNCF avant de monter dans un autre train pour Bordeaux, puis Dax où il viendrait te chercher. Un voyage d'une journée entière. Autrement dit, une expédition. Toi qui as toujours paniqué pour aller à Paris (deux heures de train sans changement), arrivant avec près d'une heure d'avance à la gare, angoissée à l'idée de ne pas attendre sur le bon quai, de ne pas trouver ta place, dc nc pas parvenir à hisser ta valise… Toi qui dans le métro bondis de ton siège trois stations avant celle où tu dois t'arrêter, par peur de ne pas avoir le temps de descendre et de te retrouver ailleurs, dans un quartier inconnu, complètement perdue…

Je t'encourage. Vas-y, maman. Cela te fera du bien de changer d'air. Depuis que papa n'est plus là, tu bouges si peu.

Tu iras donc. Tu attrapes ton petit bloc et ton stylo, tu commences un brouillon, le premier de deux ou trois. Tu ratures, tu biffes, tu déchires. Surtout, ne pas lui montrer ton impatience, le désir que tu as de le retrouver. Que sont huit mois d'attente rapportés à cinquante années d'absence ?

La lettre que tu remettras au facteur le lendemain sera propre et lisse, les lignes droites, l'écriture ferme. Il voulait quinze jours, tu as transigé : tu iras, mais six jours. Avant de repartir, avec moi, pour deux semaines de Bretagne.

Je t'envie.

J'ai trente ans, tu en as plus de soixante-dix. Tu vis seule dans ta grande maison à la campagne, bientôt peut-être il te faudra envisager un repli dans un petit appartement en ville, ou même, dans quelques années, si tout va mal, une sinistre maison de retraite. J'ai la vie devant moi, l'essentiel de la tienne est derrière toi. Et je t'envie.

Tu es libre, totalement libre. Ta vie prend un chemin inattendu. Tu vas vers tes soixante-quinze ans et tu rayonnes. Tu as un amoureux, dans quelques jours tu vas prendre un train pour le rejoindre, rien ni personne ne t'en empêchera.

Ma mère est heureuse et je suis jalouse.

Nous sommes venus passer le week-end de la Pentecôte avec toi. Tu ne tiens pas en place. Tu as ton billet de train, ta carte Vermeil, ta carte d'identité, tout cela bien enfermé dans une petite pochette en plastique que tu ranges dans ton sac à main, celui de tes soixante-dix ans, le dernier cadeau de papa.

Tu me demandes de t'accompagner jusque dans ta chambre. Ensemble nous choisissons ta garde-robe pour ce séjour dans les Landes. Il risque d'y faire chaud et tu redoutes la chaleur. Tu n'as jamais beaucoup aimé le climat du Sud et les températures du Sud-Ouest de cette fin de mai t'effraient un peu.

Sur ton lit, à côté d'une paire de nu-pieds emballée dans un sac en tissu, tu as déposé un à un les vêtements retenus : une jupe, deux t-shirts blancs, trois chemisiers, une robe, un chandail, deux collants, ta chemise de nuit rose et ta robe de chambre en pilou. Chez toi, tu aimes prendre ton petit déjeuner avant de te doucher, mais là-bas tu ne sais pas... Autant prévoir et avoir de quoi être correcte au saut du lit. À regret tu renonces à tes vieilles pantoufles, si besoin tu enfileras tes nu-pieds avec ta chemise de nuit, ce sera plus élégant, surtout cela fera moins vieille dame.

Tu prends aussi ton imperméable, il est un peu passé mais hormis un affreux k-way tu n'as que ça pour te protéger de la pluie, et dans le Sud-Ouest il pleut beaucoup. Et pour le train où il fait toujours froid, un foulard imprimé qui te fait un joli teint.

Il t'a préparé une chambre à l'étage, t'écrit-il. Tu auras ta salle de bains. Dans ta trousse de toilette écossaise, de peur d'oublier tu as déjà glissé le petit flacon de vernis à ongles rouge pour avoir de jolis pieds dans tes sandales, et ton tube de rouge à lèvres rose pâle.

Tu as prévu un lot de mots croisés et un crayon de papier pour les moments de solitude. Et un livre aussi, pour le train, même si, entre la peur de manquer ta correspondance et le vertige à la pensée de le revoir, tu n'auras pas trop la tête à lire.

Tu pars samedi, c'est dans cinq jours et c'est demain. Ce lundi soir, quand nous allons t'embrasser dans ta chambre pour te dire au revoir, ta petite valise rouge est ouverte, posée sur la chaise à côté de ton lit. À l'intérieur, tes affaires soigneusement pliées.

Tu es prête.

Cinq jours. Dans cinq jours, tu t'en vas. C'est mon frère Xavier, arrivé le vendredi soir, qui te conduira à la gare de Moulins avec sa voiture, c'est plus sûr. La 309 de papa n'est plus toute jeune, et puis ça t'ennuie de la laisser une semaine sur le parking de la gare. En plus, cela te permettra de rentrer par Paris, ce qui t'arrange. Tu dormiras à la maison, nous te ramènerons le samedi matin et passerons le week-end avec toi. Nous assurerons donc le retour et Xavier l'aller. Xavier ton fils. Il va falloir nous habituer à préciser, désormais, puisque à présent tu as deux Xavier dans ta vie. Avant, peut-être, que nous en ayons deux nous aussi, s'il entre dans la nôtre.

Cinq jours, ce n'est rien, vous n'avez même plus le temps pour un aller et retour de courrier. Il ne t'a pas téléphoné. Les détails de ton arrivée, l'horaire de ton train et l'endroit où il t'accueillera, tout est consigné dans sa dernière lettre où il a pris soin de repréciser les informations que tu lui avais données pour te montrer qu'il a bien tout noté, qu'il sera à l'heure, qu'il sera là. Qu'il t'attend.

Je t'imagine allant et venant dans ta maison, essayant de te perdre dans un livre ou un mot croisé, ne parvenant pas à fixer ton esprit. Je t'imagine comme au bord de l'abîme, toi qui déjà es prise de vertige sur un escabeau. Chaque jour qui te rapproche de lui est un échelon de plus sur lequel tu te hisses, les jambes flageolantes, le corps aspiré par le vide, celui qui s'ouvre sous tes pieds quand tu penses à lui. Alors tu chancelles et tu vacilles.

Occupée à étendre le linge, je songe à ces heures fragiles qui précèdent la rencontre amoureuse. Quand le moindre geste, la moindre pensée se troublent et se brouillent à l'idée de l'existence de l'autre. Je me rappelle ce jour où j'étendais le linge, sur ce même séchoir, le regard dans le vague, l'image et la voix d'un autre venant se déposer sur tout ce que j'appréhendais. Une mélancolie étrange me saisit, je suis nostalgique de ce que tu t'apprêtes à vivre.

Tu es partie. Tu as pris un train, puis un autre et encore un autre. Je t'ai appelée hier soir, après le dîner. Il était tôt et tu étais déjà couchée, tu regardais la télévision que nous avions installée dans ta chambre après la mort de papa. Tu ne supportais plus le silence du soir.

« J'espère que je ne fais pas une bêtise ! » m'as-tu dit d'une voix si gaie.

Je t'ai rassurée. Non maman, tu ne fais pas une bêtise. Tu es un peu inquiète peut-être, de cette douce inquiétude qui se confond avec l'impatience. Tu es juste heureuse, et tu as perdu l'habitude du bonheur.

Toute la semaine je pense à toi. Je ne sais pas si tu es bien arrivée. Je n'ai aucune nouvelle. Tu ne m'as pas appelée et tu ne m'as pas laissé de numéro auquel je puisse te joindre. Je sais juste que tu es bien partie.

C'est étrange. Pour la première fois depuis le départ de papa, je ne sais pas très bien où tu es. Tu es « à Pey », dans les Landes, à une vingtaine de kilomètres de Dax. Voilà. Je ne sais pas si tu es dans le village ou dans une maison isolée, en pleine campagne. Au moins sais-je avec qui tu es. Tu es avec Xavier. Chez lui, seule avec lui.

À quoi occupez-vous vos journées ? Voyez-vous d'autres gens ? Comment te présente-t-il ? Faites-vous de longues promenades, te prend-il le bras, la main ? T'a-t-il emmenée voir la mer ? Êtes-vous allés marcher le long du rivage à marée basse, pieds nus sur le sable mouillé ? Ou bien vous êtes-vous assis sur la dune, à fleur d'épaules, face aux rouleaux de l'Atlantique ?

De quoi parlez-vous ? Regardez-vous d'anciennes photos, feuilletez-vous de vieux albums du temps d'avant ? Et si peu à peu hier rejoint aujourd'hui, que le passé rattrape le présent, un peu d'avenir s'immisce-t-il dans votre conversation ? Et comment vous dites-vous bonsoir ?

Sais-tu enfin pourquoi il t'a quittée ?

Aujourd'hui, après le déjeuner, tu m'as appelée. Tu voulais t'assurer que je serais bien à la gare demain après-midi, à t'attendre. Que je ne t'avais pas oubliée. Que j'avais bien noté l'heure de ton arrivée. Je t'ai demandé si tout allait bien, tu m'as répondu que oui, tout se passait bien. Tu n'avais pas envie de parler. Au téléphone je te sentais un peu gênée, comme intimidée. Il devait être à côté de toi.

Je ne sais pas à quoi ressemble ta chambre dans cette maison que je ne connais pas. Je sais seulement que près de toi, par terre ou sur une chaise, ta valise est ouverte, tes affaires bien pliées comme avant ton départ. Demain matin, après ton petit déjeuner, tu y glisseras ta trousse de toilette et ta brosse à cheveux. Comme chaque fois que tu te prépares à voyager, tu dois être un peu nerveuse, vérifiant encore et encore sur ton billet l'heure de ton train, puis celle de ta correspondance. Et tu vas mal dormir.

C'est votre dernier soir. Bientôt, à nouveau tu seras loin de lui. Dès lundi tu recommenceras à guetter le facteur, l'enveloppe doublée d'une soie lie-de-vin et portant la petite écriture marine.

À présent que vous avez refait connaissance, où votre lien va-t-il vous emmener ? Avez-vous parlé de vous revoir bientôt, dans la touffeur de l'été ? Viendra-t-il à son tour passer plusieurs jours dans ta maison ? S'il ne tarde pas trop, le potager sera encore embaumé du parfum des pivoines roses.

Je t'attends au bout du quai, sous le panneau « Bordeaux ». C'est de là que tu arrives, si tu n'as pas manqué ta correspondance.

Je suis un peu émue. Les départs et arrivées en train m'embuent toujours les yeux, et c'est à travers un léger voile que tu m'apparais, ton vieil imperméable sur le bras, tirant ta petite valise rouge à roulettes.

Tu me reviens épuisée après huit heures de voyage, les cheveux en bataille et un peu décolorés par le soleil du Sud-Ouest. De Dax à Paris, tu as traversé la France. Je prends ta valise, t'accroche à mon bras et nous sortons en direction du bus. Il n'y a pas grand monde en ce début d'après-midi, nous pouvons nous asseoir côte à côte. Tu as inséré ton ticket dans la pointeuse. Je n'ai pas eu besoin de t'en donner un, tu en as toujours dans ton portefeuille, toi qui vis pourtant à plus de trois cents kilomètres de Paris.

J'ai préparé pour toi la chambre inoccupée qui me sert de bureau. J'ai déposé sur le lit deux serviettes éponge et un gant de toilette, comme tu m'as appris à le faire. Tes invités trouvaient toujours sur leur lit un gant, que tu appelles une « main éponge », une serviette « nid d'abeille » réservée au visage et une grande serviette épaisse pour la sortie de bain. Pendant que tu t'installes et te rafraîchis, je nous prépare une tasse de thé fumé avec quelques biscuits, des palets bretons, tes préférés.

Tu me rejoins au salon. Malgré la fatigue du voyage, ton visage est reposé. Ta figure, le nez surtout, a pris quelques couleurs. Tu respires le grand air et l'air du large. Je ne peux me retenir de chercher dans tes yeux, sur tes lèvres, dans ta voix, ce qui a changé. Des traces de ce que tu as vécu là-bas, loin de nous, près de lui. L'empreinte d'un ailleurs.

Tu me dis le lever à l'aube, la fraîcheur du matin, le changement à la gare de Saint-Jean, puis le train surchauffé à l'heure de midi, la climatisation en panne, ton chandail que tu as failli oublier. Mais lui ? Mais vous ? Ça bout dans ma tête et tu me sers de l'eau tiède. Je n'y tiens plus, je te bouscule doucement :

« Alors ? »

Alors, tu te mets à raconter. Une fois lancée, tu parles vite, tu t'essouffles à courir après les mots comme si tu craignais de les perdre, que ta mémoire s'enfuie et que le temps, lui aussi, se remette à courir, laissant échapper les plus belles images. Tu cherches mon approbation, tu ris, multiplies les « Tu te rends compte ? », les « Figure-toi... », les « Je n'en reviens pas ! ».

Ce ne sont pas de véritables confidences, pourtant. Tu me décris sa maison, la chambre où tu dormais, le parquet ajouré qui laissait entrevoir la pièce du dessous, la salle de bains rudimentaire, la cuisine un peu vétuste dans laquelle tu as dû remettre bon ordre. Tu as vidé le réfrigérateur de tous les pâtés, jambon, yaourts et autres laits et bocaux périmés depuis des semaines, débarrassé les placards des boîtes de conserve dont la date limite de consommation remontait parfois à plusieurs années.

Il t'a promenée, heureux de te faire découvrir une région où tu n'étais jamais venue. Du Sud-Ouest tu ne connaissais que le pays Basque et ses étés pluvieux. Ensemble vous avez fait le tour des petits producteurs locaux. Pendant six jours, il t'a gavée de foie gras, de cou farci, de magret de canard et de confit d'oie. Tu as peur d'avoir pris quelques kilos. Un soir, il a ouvert une bouteille de champagne, tu lui avais dit que tu aimais ça. Tu m'avoues avoir été « un peu pompette ».

Il a tenu à t'emmener au cimetière où repose Michèle. Tu n'as pas osé refuser. Pour lui faire plaisir, tu es allée te recueillir sur la tombe de celle qui a partagé cinquante années de sa vie. Tu me parles un peu d'elle, de ses portraits que tu as époussetés dans le salon, de ce qu'il t'a dit de cette femme qu'il a aimée, la mère de ses filles. Non, elle n'était pas ce qu'on avait raconté, sa famille n'avait pas plus d'argent que la tienne, et il ne l'aurait certainement pas épousée pour de si basses raisons. C'était d'un cœur qu'il s'était épris. Mais alors, ton cœur à toi maman, qu'en avait-il fait ?

Le lendemain de la visite au cimetière, vous êtes allés jusqu'à Hossegor et vous avez marché sur la plage. Ce jour-là, c'était son tour de te faire plaisir. Lui ne goûte guère le bord de mer, il n'y va jamais, il s'y ennuie. Il préfère son jardin où il passe de longues heures à tailler, ratisser, bêcher, tondre.

Vers le milieu de la semaine, vous êtes allés à Tarbes. Cent vingt kilomètres, en voiture, deux cent quarante aller et retour, la route ne vous fait pas peur. Tarbes, c'est dans cette ville de garnison qu'habite l'une de ses filles, mariée à un militaire. Vous y avez déjeuné, pris le café sur la terrasse, puis êtes repartis pour Pey où vous êtes rentrés pour le dîner. Tu me parles un peu de sa fille, que tu as trouvée charmante, et de ses enfants, si bien élevés. De l'un d'eux, en particulier, un garçon d'une dizaine d'années qui, à la grande honte de son grand-père, lequel l'invitait à venir « dire bonjour à Madame de B. », pensant bien faire, t'a adressé un tonitruant : « Bonjour Madame de B. ! » qui t'a bien amusée. « Madame, voyons ! l'a repris Xavier, horrifié. On dit "Bonjour Madame" ! »

Chaque soir, vers dix-neuf heures, alors que déjà tu t'affairais à la cuisine, il remplissait la gamelle de son chien qu'il accompagnait ensuite pour la nuit jusqu'à sa niche. Oui, parce que tu avais oublié de me le dire, il a un chien. Un vieux setter irlandais auquel il est très attaché et qui est « bien gentil ».

Quand la journée s'achevait, après le dîner, vous approchiez vos deux fauteuils et laissiez filer les heures en remplissant des grilles de mots croisés.

Ce matin de ton départ, il était triste. Sur le quai de la gare de Dax, il t'a prise dans ses bras, très ému. Il aurait aimé te garder plus longtemps, il te l'a dit en te serrant.

« Six jours, c'était bien suffisant », lâches-tu, un peu essoufflée d'avoir tant raconté, avant d'ajouter « J'en avais un peu assez... Je suis contente de rentrer chez moi et de retrouver ma maison... Et puis il doit y avoir plein de fraises, sans parler des haricots verts... Je vais me casser le dos à ramasser tout ça ! »

Je sais de qui je tiens mon orgueil. Pourquoi ne savons-nous pas, toi et moi, dire le chagrin lorsqu'il nous touche ? Pourquoi nous est-il si difficile d'avouer que nous aimons ? Que l'autre nous manque ?

Je te connais, maman. Depuis des mois, je t'ai vue changer. Je t'ai vue inquiète quand une lettre tardait à arriver, je t'ai vue te perdre dans le vague. Aujourd'hui je vois ces sourires que tu peines à réprimer quand tu me parles de lui, et qui disent tout ce que retiennent tes mots. Ces sourires mélancoliques que parfois, quand tu me crois absente, tu adresses aux anges.

Tu n'as jamais été très démonstrative. Tu as grandi dans un foyer paisible et aimant, où les émotions, fussent-elles de colère ou d'affection, ne se montraient pas. Je garde de mes grands-parents, que j'aimais tendrement, le souvenir d'une douceur silencieuse et de sentiments à l'étouffée.

Quand j'étais petite, tu étais câline, mais une fois passé l'âge des « bateau sur l'eau, payez-vous le passage ? Non ? À l'eau à l'eau à l'eau ! » tu as pris tes distances. Notre relation demeurait fusionnelle mais nous ne nous touchions plus, ou si peu. Pour consoler mes chagrins d'enfant, tu t'es mise à m'offrir des mots, des paroles de réconfort, mais tu ne me prenais plus dans tes bras. Je crois que cela ne me manquait pas, j'ai très tôt appris à vivre avec du vide autour.

Nos mots comblaient l'espace entre toi et moi, des mots ficelle nous attachant l'une à l'autre. Nous parlions tellement, de tout, tout le temps, partout, à table, dans la cuisine, dans le salon. Papa s'en étonnait : « Que pouvez-vous encore trouver à vous dire ? »

Lui qui avait moins de mots posait parfois une main sur mon épaule, effleurait mes cheveux, esquissait un geste un peu gauche pour me rapprocher de lui. Je le repoussais. J'étais grande, et quand on est grande on ne fait plus de câlin à son père. On parle avec sa mère. On parle de choses qu'il ne peut pas comprendre. On parle entre femmes. Et tant pis si ça fait mal, tant pis si papa avait de la peine. J'ai longtemps cru que c'était cela, grandir.

Avec toi aussi, il essayait. Combien de fois, assise à l'arrière de la voiture, je le voyais poser sa main sur ton genou, remontant à peine ta jupe pour une caresse très conjugale. Douce mais ferme, tu reposais sa main sur le volant, rajustant ta jupe. Je crois ne jamais vous avoir vus dans les bras l'un de l'autre. Vous viviez l'un à côté de l'autre, et moi entre vous deux.

À Dax, sur le quai, Xavier t'a serrée contre lui, tu l'as laissé faire. Entre vous deux, il n'y avait personne. Juste du temps à rattraper.

Il t'a embrassée. Tu viens de me l'avouer. Là, dans la voiture, les mains fermement agrippées à ton volant, les yeux rivés sur la nationale.

Je te regarde, sidérée.

Je n'en reviens pas. Cela fait un mois déjà que tu es rentrée de ton séjour dans les Landes, et ce n'est qu'aujourd'hui, sur la route de la Bretagne, au milieu d'un silence, que tu me le dis.

Xavier et toi vous êtes embrassés. Je me le répète, incrédule. Un vrai baiser, comme à vingt ans ou à treize ans. Comme Didier avec la fille du docteur.

Tu m'as toujours dit que tu n'aimais pas embrasser. Que cela te dégoûtait. Je n'avais jamais compris, moi qui ai toujours trouvé cela délicieux. Et voilà qu'à près de soixante-quinze ans, tu me rejoins enfin.

Tu sembles un peu gênée, en même temps il y a un je-ne-sais-quoi de bravache, de presque provoquant, dans ta manière de lancer cela, en regardant devant toi, calme, fière et droite.

Je ne sais trop que faire de ce baiser. « Ah bon ? » est tout ce que je trouve à te répondre.

La Bretagne en juin, c'est notre parenthèse de douceur à toutes les deux. Un rituel depuis que papa n'est plus là. Pour la quatrième année consécutive, nous nous offrons une semaine dans le sud du Finistère avec mon petit garçon. La modeste location que nous avons trouvée à la pointe du cap, entre la plage et le port de pêche, ne paie pas de mine mais l'on s'y sent bien. La propriétaire, avant de nous confier sa maison, a laissé à notre attention une bouteille de cidre dans le réfrigérateur et mis des hortensias dans un grand vase. De quoi faire oublier le couvre-lit en dentelle, les murs roses et les tables de chevet dorées.

Nous profitons du jour qui s'étire jusque tard le soir sur la baie du Cap-Coz. Nous vivons de crevettes grises, de langoustines, de crêpes et de cidre. Nous faisons de longues marches le long de la mer, poussant parfois en voiture jusqu'aux dunes de Kerambigorn. Chaque matin par-dessus ton maillot de bain noir, tu enfiles ta robe de plage en éponge fleurie et chausses tes espadrilles bleues. Pour protéger ta tête du soleil, tu tiens à la couvrir d'un bob blanc peu seyant, que j'avais rapporté d'un séjour en Angleterre et sur lequel un Italien dont j'étais entichée avait tracé son prénom au marqueur. Un grand « Paolo » majuscule que les passages répétés en machine n'ont jamais réussi à effacer tout à fait.

L'après-midi, la température de l'eau atteint tout juste seize degrés, c'est encore un peu frais pour toi. Pendant que je me baigne, tu marches dans la mer, progressant un peu plus à mesure que ton corps s'habitue, avant de faire quelques brasses en laissant échapper de petits cris frigorifiés. Nous nous séchons au soleil, puis nous nous tartinons de crème et sommeillons sur le sable, remettant et retirant inlassablement nos chandails au gré du va-et-vient des nuages.

Quand l'air commence à fraîchir, tu sors du sac de plage ton espèce de serviette à élastique, toujours la même depuis mon enfance, que tu enfiles par la tête pour te changer sur la plage.

Le soir, après le dîner, quand mon fils est couché et que nous nous retrouvons toutes les deux dans la petite cuisine qui fait office de salon, quand le jour traîne, s'effaçant doucement derrière la baie vitrée, pastellisant les couleurs et encourageant l'épanchement de l'intime, nous retrouvons nos conversations d'avant. Dans cet entre-deux apaisant et feutré précédant le temps du sommeil, tu oses les mots que tu ne me dis pas à la lumière du jour. Alors tu me parles de Xavier. Que de lui.

L'été a passé, chacun est resté de son côté, recevant enfants et petits-enfants, toi dans ta campagne et lui dans la sienne. Le ballet des courriers a repris, s'attachant à combler l'absence.

Nous prenons deux semaines de vacances dans ta maison. Le reste de nos congés d'été, nous préférons aller au bord de la mer, étendre nos serviettes sur le sable plutôt qu'au bord de la piscine que, pourtant, papa et toi aviez fait construire pour nous. Si papa en a souvent profité, enchaînant les longueurs de brasse indienne jusqu'aux derniers jours de septembre, toi, tu n'y mets pratiquement jamais le pied. Lorsque au cœur de juillet, avant les orages d'août, la chaleur est trop étouffante, tu te réfugies dans ta chambre tous volets fermés, goûtant la fraîcheur préservée par les murs épais.

Déjà l'été te semblait long sans papa, à présent il n'en finit plus. Ta solitude a changé, le vide a cédé la place au manque, la sérénité résignée à l'impatience, les regrets aux rêves et la nostalgie aux promesses de l'automne.

Lorsque enfin août tire à sa fin, que frissonnent les frondaisons et tombent les premières feuilles, quand la nature s'apprête à entrer dans un long sommeil, toi tu commences à revivre. Le soleil qui descend de plus en plus tôt derrière les grands arbres et précipite l'été vers sa chute accélère l'écoulement des heures. Tu savoures l'illusion d'un temps qui rétrécit. Les premiers mauvais jours, aux relents de terre mouillée, annoncent le retour de vos beaux jours. Aux premières pluies, il va te revenir.

Cette fin de semaine d'octobre, tu nous as tous réunis dans ta maison. Pour la première fois, il a prévu de passer la semaine avec toi chez toi, chez nous. Il est attendu pour le déjeuner, bientôt nous allons le voir. Tu es inquiète. Tu voudrais tellement qu'il nous plaise. Tu connais tes enfants, notre esprit critique, toujours prompts à nous moquer. Alors tu as un peu peur.

Pour lui non plus, ça ne va pas être facile. Se retrouver à devoir faire bonne impression sur toute une famille, ce n'est plus de son âge. Nous nous tenons là, prêts à le juger, certains d'entre nous sur la réserve, d'autres amusés, impatients, tous curieux de voir enfin à qui ressemble celui qui, te ramenant de l'hiver au printemps, recolore ta vie et réchauffe ton cœur.

Moi aussi, je veux faire bonne impression. Dans ma chambre, minaudant devant ma glace, je m'apprête. Je veux lui plaire. Me montrer accueillante et chaleureuse, un rien séductrice, comme toi. Je voudrais l'aimer aussi. Me l'attacher puisqu'il t'est lié, lui devenir proche puisqu'il t'est maintenant si proche.

Il arrive à l'heure, au volant d'une voiture blanche, un break Peugeot un peu fatigué. Par les fenêtres du fumoir où nous attendons, nos yeux suivent la voiture qui traverse doucement la cour gravillonnée jusqu'à la haie de noisetiers. Il va se garer sous les grands arbres de l'allée menant aux balançoires, à l'ombre du noyer centenaire, là où rien ne pousse. Le nez collé aux carreaux, je pense aux fruits qui vont tomber et éclater sur le toit, leur brou laissant des marques noires sur la carrosserie blanche.

Nous quittons la pièce et nous préparons à l'accueillir. Quel courage il a, même si nous ne formons pas une famille très nombreuse. Tu n'as que trois enfants et huit petits-enfants quand lui en a près d'une trentaine. Il faut dire que sur ses cinq filles, si l'une, religieuse, n'a pas d'enfants, une autre n'en a pas moins de onze, ce qui a peut-être aussi à voir avec Dieu. Nous faisons bien pâle figure avec nos quatre, trois et un. Je t'imagine, effrayée, lorsque viendra ton tour d'être présentée aux siens.

Tu es émue. Le temps a passé depuis vos dernières retrouvailles, tout un été et un début d'automne. C'est long, quatre mois, l'écriture peine à combler l'absence quand le cœur bat plus fort. Nous te laissons aller seule à sa rencontre. Puis, les uns derrière les autres, nous sortons à notre tour, nous efforçant d'adopter l'air le plus naturel possible qui, forcément, ne l'est pas.

Souriant, il salue mes frères, fait le baisemain à mes belles-sœurs et embrasse tes petits-enfants, s'enquérant auprès de chacun de son prénom et de qui sont ses parents. Lorsque je m'avance, il approche sa joue pour m'embrasser et me demande :

« Et vous, vous êtes une fille de… ? »

Quand je lui réponds que je suis ta fille, il se confond en excuses et me baise la main. Je suis embarrassée, je n'ai pas l'habitude.

Voilà pour les présentations.

Nous nous installons dehors, au soleil de ce début d'automne, le même, sans doute, que celui du jour de vos retrouvailles, il y a à peine plus d'un an. Mon frère aîné arrive avec l'apéritif. Comme chaque fois que j'entends le cliquetis des verres et des bouteilles dans le vieux panier d'osier que j'avais offert à papa, mon cœur se serre. Ce tintement si familier, c'était le sien lorsqu'il apportait la bouteille de rhum de Martinique, le seau de glaçons, le sirop de canne, le citron vert et la vieille cuillère de bois, surmontée d'une tête de doudou enturbannée de madras coloré, rapportée d'un voyage aux Antilles. J'essaie d'oublier, de ne pas mêler mon passé encore vif au tien, plus ancien, revenu de si loin pour adoucir le temps du deuil, lequel, peu à peu, semble s'effacer. Tout cela est allé si vite, finalement, pour moi qui n'avance pas.

Alors que la chaleur du rhum envahit doucement ma gorge, mes regards glissent de toi à lui. Il a les cheveux blancs, brossés en arrière, le teint mat d'un homme du soleil et les yeux très bleus. Il n'est pas à l'image que je m'en étais faite. Suis-je déçue ? Je ne sais pas. Je l'imaginais grand, il ne l'est pas. Il est bel homme, pourtant. Mais quelque chose dans sa manière d'être me chagrine. Je crois que je l'aurais aimé plus… moelleux. J'aurais voulu pour toi un homme qui ait plus de rondeur, peut-être plus de spontanéité aussi. Il a un peu de cette raideur élégante des militaires, bien loin de la bonhomie voûtée de papa dont les années avaient tassé la taille et écrasé les épaules. Xavier, lui, se tient droit, la tête haute, les yeux rivés sur l'horizon comme défiant l'avenir. Lui ne doit pas être homme à regarder en arrière. Il avance confiant vers la ligne de crête. Ce qui se trouve au-delà ne paraît pas l'effrayer.

Avec nous, il se montre très à l'aise. Plus que toi qui sembles un peu perdue. En homme du monde, il a un mot aimable pour chacun, pose les questions qu'il faut, s'intéresse, sourit, rit. Je te regarde. Ta gêne me touche, tu m'attendris. Tu donnes l'impression de ne pas très bien savoir où te mettre, tu ne parles pas tout à fait comme d'habitude. Tu ris un peu trop fort, ta manière de t'adresser à nous aussi est un peu différente, presque artificielle. Par moments, j'ai le sentiment que nous ne donnons pas l'image que tu aimerais, que nous ne sommes pas comme tu voudrais que nous soyons. Comme si l'élégance du nouvel homme de ta vie venait éclipser la nôtre, faisant ressortir nos maladresses, nos manquements aux bonnes manières et les libertés que, depuis tant d'années, nous avons prises avec notre éducation. C'est un sentiment vague, indéfinissable, pourtant je ne crois pas me tromper. Est-ce là ce que tu ressens, maman ?

Avant le déjeuner, Xavier se dirige vers sa voiture, ouvre le coffre. En sort un grand chien efflanqué au poil fauve qu'il nous présente comme étant Serpico. Il nous explique qu'il l'a recueilli à la Société protectrice des animaux de sa région, comme les trois précédents, tous également nommés Serpico. Peut-être a-t-il l'illusion qu'ainsi jamais ils ne s'en vont. Adoucie par la persistance du prénom, la séparation doit être moins douloureuse. Après avoir fait quelques pas avec lui dans l'allée, il l'attache près du perron, accrochant la laisse au battant du volet de la salle à manger. Serpico n'a pas le droit d'entrer dans la maison.

À table, tu l'as placé à ta droite. Mon frère aîné te fait face, depuis trois ans c'est lui qui occupe la place de papa. Galant, Xavier tire ta chaise pour t'inviter à t'asseoir.

Pendant le déjeuner, son aisance met un peu de chaleur dans le courant d'air frais qu'a amené sa présence dans notre maison, huilant les rouages de conversations qui se grippent, s'enlisent, patinent. Il compense ton attitude un peu gauche, celle d'une jeune fille qui présente son fiancé à sa famille dont elle craint le jugement. Sur le plat en argent, les tomates à la provençale entourent une pintade dorée soigneusement découpée. Cette fois, tu ne l'as pas fait brûler.

Bien droite sur ma chaise, ma serviette sur les genoux, mes couverts reposant dans l'assiette comme tu me l'as appris, j'attends que nous passions à la suite. Je regarde cet homme, sa tenue impeccable, ses deux mains sur la table. Je te regarde, toi, un peu tendue à côté de lui, soucieuse de bien faire. Je repense à nos fous rires lorsque je vivais encore à la maison et qu'à la fin du repas, pouffant comme deux gamines, sous le regard consterné de papa, nous nous précipitions à la cuisine pour laper nos assiettes jusqu'à disparition des derniers traces de fraises à la crème.

Nous prenons le café dehors. Lorsque je lui tends une tasse, il se lève de sa chaise pour saisir la soucoupe et reste debout pendant que je verse le café. Ce savoir-vivre un peu désuet me fait sourire. Voilà bien longtemps que nous n'avions plus vu un homme comme celui-ci. La dernière fois, ce devait être au temps où ma grand-mère paternelle vivait encore dans cette maison. Les visiteurs d'alors baisaient la main des dames et n'auraient jamais toléré qu'un des leurs reste assis pour se faire servir son café. Avec Xavier, c'est toute une époque qui resurgit, celle des messieurs distingués de mon enfance, des senteurs de cigare et de whisky mêlées et du son mat des boules en ivoire s'entrechoquant sur le feutre vert du billard français. Ton nouvel amour est un homme rare, maman.

Toute la journée, je vous regarde. Je ne m'éloigne jamais de toi, de lui. Je guette un geste tendre, espérant une preuve de votre attachement, une expression de votre lien. À un moment, alors que je traverse la salle à manger pour me rendre à la cuisine, je vous surprends. Vous êtes dans le petit office, entre la salle à manger et le billard. Avec délicatesse il t'a prise par le cou et je le vois déposer un baiser sur ta joue. Puis il murmure quelque chose à ton oreille et tu lui réponds à voix si basse que je ne peux entendre. En passant près de vous, je vous souris et fais comme si je n'avais rien vu. Je ne crois pas que tu sois dupe.

L'office est un recoin sombre, à peine éclairé par une fenêtre aux volets presque toujours fermés, donnant sur trois portes dont une qui mène au sous-sol. On ne fait qu'y passer, on ne s'y arrête pas, ou si peu. On y est à l'abri des regards. Mais pourquoi vous cacher ? Qu'est-ce qui te gêne, maman ?

Est-ce à cause de papa ? Papa dont l'absence occupe encore tant d'espace dans cette maison ? Les gens qui nous ont quitté ont cela de particulier qu'une fois disparus ils semblent être partout. Et c'est vrai que depuis qu'il n'est plus, papa est partout. Dans les armoires, les commodes et les penderies où sont toujours suspendus ses costumes, dans les tiroirs du bureau que personne n'a vidés de ses gommes et de ses crayons, dans le porte-bloc à pince, près du téléphone, encore plein des feuilles qu'il avait soigneusement découpées, dans son écriture nerveuse et hirsute sur les vieux porte-clés de bois et les livres de comptes. Son souvenir habite les moindres recoins de la maison, du parc et de nos mémoires. Alors oui, pour toi, sans doute tout cela est-il encore un peu tôt.

Pour moi aussi, peut-être. Je crois que je préfère envisager Xavier comme un amant de passage, un pas de côté, papa étant toujours près de toi, inséparable de toi. Et de fait, ce baiser volé entre deux portes me conforte dans l'idée qu'il est toujours là, que tu ne l'as pas effacé. Xavier, c'est la nouveauté. Papa, c'est l'éternité.

Tu l'as installé dans la chambre du bas, celle qui, orientée au nord, ne voit pas le soleil, une des dernières pièces de la maison à avoir été chauffée. Pendant des années nous la surnommions « la chambre froide » ou « la glacière », quand nous ne parlions pas tout simplement de « la morgue ». C'était là que nous conservions, au moment de Noël, les gâteaux et la charcuterie que nous voulions garder au frais quand il n'y avait plus de place dans le réfrigérateur. Le reste de l'année, sur la vieille couverture dépliée sur le lit, papa y entassait pêle-mêle des noix, des pommes, des poires, des prunes, des pommes de terre, des carottes et autres fruits et légumes du potager, que régulièrement les souris venaient grignoter. Quand elle a été réaménagée, on a habillé les murs d'une douce toile de Jouy rose, la fenêtre de rideaux assortis, et transformé le petit placard en une douche malcommode. On a branché un radiateur électrique, mis un bureau, et le grand lit en bois a retrouvé son rôle de lit. Depuis, on a pris l'habitude d'y loger les moins vaillants pour leur éviter les marches du grand escalier menant à l'étage.

Serpico, lui, dormira dehors. Il est habitué, paraît-il. Xavier lui installe son plaid et une gamelle d'eau au pied du magnolia auquel il l'attache pour la nuit.

Le lendemain, nous repartons tous pour Paris. Au matin, lorsque nous t'accompagnons à l'église, entourant Xavier pour que sa présence n'éveille guère plus de curiosité que celle d'un vieil oncle en visite, nous sommes d'humeur maussade et piquons du nez sur nos bancs. C'est que nous n'avons presque pas fermé l'œil. Au déjeuner, mes frères bougonnent et toi tu n'oses rien dire. Xavier, lui, est ennuyé ; il va devoir trouver un autre endroit pour coucher son chien. Au pied de son arbre, il a aboyé toute la nuit.

« Ça va faire jaser dans le pays. » « Comment vais-je le présenter ? Un ami… ? Un vieil ami de jeunesse ? Mon ami ? Oh non, ça ferait concubinage, les gens pourraient penser que nous vivons à la colle ! »

Je souris. « À la colle », l'expression m'amuse, qui dit encore cela ? Je trouve que tu te fais du souci pour pas grand-chose. Quelle importance, ce que penseront les autres ? À tes plus proches amies, n'as-tu pas déjà raconté l'essentiel ? L'histoire de cet homme que tu as aimé, puis perdu, puis retrouvé après cinquante années de vie avec papa. Alors ?

Alors tu ne voudrais pas que l'on puisse croire que… Que quoi, maman ? Que tu es heureuse à nouveau ?

« À mon âge, tout de même, ce n'est pas bien sérieux… »

Au contraire, à ton âge, ça l'est. Ça ne peut même que l'être. Vous avez passé celui de jouer, pas celui d'aimer. À vos âges, lorsqu'on se trouve, on ne se perd plus. On sait que c'est pour toujours, parce que ce toujours-là n'est plus le même qu'à vingt ans. C'est si long, toujours, à vingt ans ; à soixante-dix, c'est demain, à portée de cœur.

Alors, timidement, tu as demandé à ces amis qui te conviaient à dîner, « puis-je venir avec un ami qui sera en visite chez moi ? ». Pour le bridge du mercredi, tu décides d'attendre un peu. Le temps, peut-être, avant un prochain séjour, de trouver les mots.

La semaine a si vite passé. Les quelques proches qui ont rencontré « l'ami en visite » l'ont apprécié. Caméléon, Xavier sait prendre les couleurs des lieux où tu l'emmènes et des gens que tu lui présentes. Il parle à tous, s'intéresse, plaisante, complimente. Il charme, il séduit.

Même le fermier d'à côté, que tu avais si peur de choquer en logeant un homme dans ta maison, a l'air d'approuver. Curieux, il t'a demandé son âge. Quand tu as dit soixante-seize ans, il a ouvert de grands yeux admiratifs : « Ben dites donc, il se tient bien droit ! »

Quand, en riant, tu m'as raconté cet échange, que j'ai entendu ta fierté, j'ai compris que Xavier faisait désormais partie de notre vie.

Pour Noël, comme chaque année nous nous retrouvons tous, enfants et petits-enfants, dans ta maison. Il y a eu un premier Noël sans papa, puis un deuxième et un troisième. Il a fallu se faire à l'absence. Tu as dû apprendre à nous recevoir toute seule. La première année c'était un peu triste, un peu vide sans lui. Plus de papillotes à pétards, plus de cierges magiques sur le sapin, il n'y avait que lui que ça amusait. On avait eu un peu de mal à trouver les santons pour la crèche et les décorations pour le sapin, c'était toujours lui qui les rangeait, les Carbonel et les boules soigneusement emballés dans du papier journal. Nous nous sommes efforcés de perpétuer la tradition dont il était le garant. Il y a toujours des enfants à enchanter.

Noël dernier, quelque chose déjà avait changé. Tu n'étais plus tout à fait seule. Ta tête s'était remise à voyager, ton cœur se réveillait. Le vide était toujours là, mais autour de toi il commençait à rétrécir, la pensée d'un autre apaisait le chagrin et comblait le manque. Alors que je regardais tomber la neige et me laissais envahir par l'image de papa avec son vieux manteau pied-de-poule, sa casquette et ses gants de cuir foncé, tu guettais, impatiente et inquiète, l'arrivée du facteur. Ce temps que je cherchais à retenir pour retrouver un peu des Noëls d'hier, désormais tu voulais le presser pour voir ce que te réservait demain.

Cette année encore, vous serez chacun de votre côté. Toi avec les tiens, lui avec les siens. On ne change pas un demi-siècle d'habitudes comme ça.

Tu es repartie. À nouveau, tu as préparé ton bagage et tu as pris le train. Cette fois, c'est dans sa maison de Montauban qu'il t'accueille. Sans te faire prier, tu as accepté quinze jours avec lui. Jamais encore vous n'avez passé autant de temps ensemble. Tu m'expliques que tu es contente de couper un peu janvier, toujours rude dans ta campagne où froid, neige et verglas gèlent les hivers. À Montauban, il t'a promis des journées douces et tièdes.

Tu m'as laissé un numéro de téléphone. Dans mon carnet d'adresses, j'ai écrit au crayon le nom de Xavier, puis les huit chiffres d'un numéro commençant par 05, seul au milieu de pages remplies des 01, 02 et 04 de nos lieux familiaux.

J'ai attendu une petite semaine avant de t'appeler. Tu ne t'es pas manifestée et nos confidences me manquent. Je me demande si toi aussi, tu trouves le temps un peu long. Si, comme au terme de ta semaine à Pey en juin dernier, tu commences à te lasser. Si malgré la rigueur des jours tu aspires à rentrer chez toi, à retrouver ta maison. Mais là il n'y a pas de haricots verts ni de fraises à ramasser au potager, juste des bûches à sortir du coffre à bois et de vieux journaux à chiffonner pour préparer le feu dans le fumoir. Tout cela peut bien attendre.

C'est lui qui répond. Pour la première fois depuis que papa n'est plus avec toi, je dois passer par quelqu'un pour te parler. Après l'échange de quelques politesses, il t'appelle. « Votre mère arrive », me dit-il.

Au téléphone, je retrouve chez toi cet engouement un rien forcé que j'avais noté le week-end où nous avons rencontré Xavier. Tu sembles un peu mal à l'aise, sans doute sa présence à côté de toi. Après m'avoir assuré que « oui, tout se passe très bien » – qu'aurais-tu pu répondre d'autre ? –, tu prends de mes nouvelles comme tu le ferais d'une connaissance un peu lointaine : mon travail, mon mari, mon fils… et quel temps avons-nous à Paris ? J'ai presque le sentiment de te déranger.

Quand, la veille de ton départ, je compose à nouveau le 05 pour t'annoncer notre intention de venir te voir le week-end suivant ton retour, tu n'es pas là. « Votre mère vient tout juste de partir en ville. Puis-je lui transmettre un message ou bien souhaitez-vous qu'elle vous rappelle ? »

Tu m'échappes.

Tu es rentrée enchantée de Montauban. Si la maison est « un peu vieillotte » et équipée du « confort minimum », elle est bien située, dans une rue peu passante proche du centre, et s'ouvre sur un jardin plein de soleil.

Ta chambre était au premier étage. Celui du dessus, auquel on accède par une entrée séparée, est occupé par celles que tu appelles « les demoiselles » ou « les locataires », deux dames célibataires qui, à l'occasion, donnent un coup de main à Xavier pour l'entretien de la maison et un peu de cuisine. L'une d'elles se prénomme Pierrette comme ma copine de classe, celle que j'avais invitée un mercredi après-midi dans cette maison où tu vis désormais et qui avait eu si peur, tout lui apparaissant trop grand, trop différent de chez sa « tata », la Paulette, qui venait régulièrement faire un peu de ménage. Nous devions avoir six ou sept ans et je ne comprenais pas que notre monde n'était pas le sien, qu'il n'était pas celui de tout le monde.

Comme à Pey, il t'a nourrie de foie gras entre deux bocaux périmés de flageolets ou de petits pois. Comme à Pey aussi, tu as épousseté, dépoussiéré, frotté, astiqué et jeté, pendant que lui désherbait, ratissait et brûlait des tas roussis de feuilles mortes.

Tu as aussi passé beaucoup de temps à marcher dans Montauban. La ville aux maisons de briques et aux rues étroites est suffisamment petite pour que tu ne t'y sois jamais perdue. Tu as aimé l'accent chantant des gens du Sud-Ouest, le ciel presque toujours bleu, la lumière douce et le soleil d'hiver qui tiédit le matin et réchauffe à midi.

Il t'a présentée à son groupe d'amis. Tous t'ont très bien accueillie, toi, l'amie retrouvée. Deux fois vous avez été invités pour jouer au bridge. Un soir, peu avant ton départ, vous avez même reçu ensemble. C'est toi qui as fait le dîner. Les derniers jours, même si tu étais toujours chez lui, tu commençais à te sentir un peu chez toi

Quand allez-vous vous revoir ? Tu ne sais pas, vous en avez parlé bien sûr, vous n'allez plus laisser couler le temps et passer les mois chacun de votre côté. Peut-être retourneras-tu là-bas au printemps, avant qu'il prenne ses quartiers d'été dans les Landes. À moins que ce soit lui qui vienne. En avril, quand les arbres s'habilleront de vert tendre et que fleuriront les pivoines roses.

Entre toi et moi, peu à peu, une pudeur nouvelle s'installe, des bribes de non-dits qui érigent un muret de silence.

Parfois tu commences à parler, retrouvant le ton de nos confidences, puis tu t'arrêtes, tu me souris, abandonnant tes mots, les laissant s'oblitérer derrière une gêne désormais partagée. Je pourrais t'encourager à les retenir, qu'ils ne retombent pas, au lieu de quoi je souris à mon tour et je me tais. Et les mots, un instant suspendus, disparaissent dans le vide qui se crée, nous éloignant un peu plus l'une de l'autre.

Un jour pourtant, tu oses. Nous sommes dans la cuisine, assises à la table de chêne. Ça sent bon la cire de mon enfance, lorsque l'odeur de l'encaustique se mêlait encore à celle, un peu âcre, de l'argenterie fraîchement astiquée. Comme aux premiers temps de tes retrouvailles avec Xavier, tu es volubile. En me racontant à nouveau Montauban, tu as retrouvé tes yeux de jeune fille. Oubliant notre réserve encore neuve, toi remisant tes confidences et moi ravalant les questions qui me brûlent, tu me fais un récit plus intime de votre vie à deux. Tu me dis qu'un soir, peut-être deux, il est venu te rejoindre. Dans ta chambre. Dans ton lit.

Tu ris, un rire un peu gauche. Tu me racontes comment, alors que tu étais couchée, un livre sur les genoux, il a frappé à ta porte, est entré doucement, en robe de chambre et pantoufles. Comment, en te prenant la main, il a proposé de te réchauffer les pieds… Comment, gênée et émue, tu l'as laissé se glisser auprès de toi.

Je lutte contre le trouble qui s'empare de moi, floutant le bonheur que j'éprouve à être ta confidente. Une gêne, un malaise qui me saisit à mesure que tu me parles, et que je m'efforce de dissimuler.

Ta voix se voile. Timide à nouveau, tu hésites. Je te rassure. Je peux tout entendre, maman, tu le sais bien.

Alors, jetant une dernière pelletée de mots pour achever de combler le vide, tu me dis :

« Ce qui est terrible, tu sais, c'est que le cœur ne vieillit pas, mais le corps, lui, ne peut plus suivre… »

Qu'avais-je donc imaginé ? Qu'à soixante-dix ans passés, c'en était fini de l'attirance des corps ? Que seuls les cœurs pouvaient encore se rejoindre ?

Je savais les baisers, les caresses affectueuses, je le sais depuis notre route de Bretagne. Pourtant, je crois que jamais je n'avais envisagé votre lien autrement que sous le jour d'une douce amitié amoureuse, une histoire de tendresse et de souvenirs, un amour sage et chaste aux tons pastel, patiné par le temps.

Tu m'apprends que non. Qu'à vos âges on peut encore avoir envie, désirer le corps de l'autre. Je sais la douleur que fait parfois naître le désir, que dire d'un qui ne peut s'assouvir ? D'ardeurs que les affres de l'âge viennent contrarier ? À l'émerveillement du réveil des sens, se mêle la souffrance du corps qui, « lui, ne peut plus suivre ».

Tu me dis le plaisir, pourtant. L'étonnement de découvrir ce que tu croyais connaître, que tu connaissais, mais autrement, moins intensément. Tu me dis les regrets, peut-être… Ce ne sont pas ceux de toute une vie à deux, non, cela tu ne sais pas, il est trop tôt. Mais les regrets de ce que ton corps, jeune encore, aurait pu vivre.

Des images me viennent, que je peine à ne pas refouler. Des mots s'impriment dans ma tête, « indécent », « impudique », « dérangeant », et d'autres aussi, plus violents. Alors que ce devrait être « magnifique », « inattendu », « inespéré ».

Je pense à tes mains, à ces veines un peu cabossées où coule à nouveau un sang qui bouillonne. J'imagine tes doigts aux ongles abîmés s'entrelaçant aux doigts puissants de Xavier, liant vos alliances élimées par le temps qui use tout, même l'amour d'une vie.

Ainsi on peut encore être serrée, embrassée, désirée malgré l'affaiblissement du corps qui chaque jour nous lâche un peu plus, la peau fatiguée qui se plisse et se tache de brun, les rides qui sillonnent le visage, les joues qui se creusent et s'affaissent. Tout ce que je m'évertue à dissimuler et à combattre avec des baumes et des lotions que jamais je n'ai vus dans ta salle de bains. Tu aimes, tu es aimée, et rien de tout cela n'a plus d'importance. Non, le désir ne s'éteint pas avec l'âge. Il l'efface.

Moi qui vis dans la hantise du temps qui file et emporte tout, j'oscille entre la gêne à t'écouter parler de choses que je préférerais ne pas entendre et l'apaisement face aux années qui passent. Toi qui m'as souvent répété que, plus que vingt, trente ans était le bel âge, je découvre que quarante, cinquante, soixante et au-delà peuvent l'être aussi. Qu'à l'automne de nos vies, alors que nos peaux se sont fanées comme les feuilles, nous pouvons encore faire battre un autre cœur que le nôtre et éveiller des désirs que l'on croyait réservés au printemps.

Je me rappelle que tu as toujours fait confiance au temps. Depuis toujours, tu vis en bonne intelligence avec ton âge, ce que je n'ai jamais su faire. Quand, enfant, déjà je m'inquiétais de la course des jours, tu me disais que chaque âge arrive au moment où l'on est prêt à le vivre. Il suffit de se laisser porter. À quoi bon vouloir nager contre le courant, s'épuiser pour ne pas le suivre là où, quoi qu'il advienne, il nous mènera ? Pourquoi s'acharner à retenir ce qui ne peut l'être ? Les courants qui nous éloignent de notre jeunesse sont comme ceux qui nous éloignent du rivage. Si nous nous laissons porter, ils nous déposeront doucement sur un autre rivage, vers d'autres paysages.

Alors que papa semblait tenir chaque jour le compte des heures qu'il lui restait à vivre avant, comme il disait, de « bouffer les pissenlits par la racine », je t'ai toujours connue sereine, indifférente à ce qui me terrifie. Même quitter ce monde ne paraît pas t'inquiéter. Selon ta philosophie, lorsque tu partiras, c'est que le moment sera venu pour toi d'en avoir assez. Alors il n'y aura rien à regretter.

Qu'est-ce qui m'arrive, maman ? Moi qui crains si fort de te perdre, quand dans un instant de grâce nous retrouvons notre proximité d'avant, que tu me livres le plus intime de toi, pourquoi est-ce le moment où je me ferme ? Une fille ne saurait-elle entendre le désir de sa mère ? Est-ce mon éducation, celle que pourtant tu m'as donnée ? Chez nous, nous parlions si peu des choses du corps… Quel âge avais-je lorsque tu m'as expliqué que dans un lit, un mari et une femme se retrouvent nus, se touchent ? Je me rappelle mon effroi, ma sidération face à ce que je percevais comme quelque chose de sale. Étais-je trop petite pour entendre cela ? Mais aujourd'hui ? Est-ce à nouveau trop tôt, trop brutal ? Pourquoi suis-je à ce point rebutée à l'idée de vos deux corps tentant de se rejoindre ? De vos lèvres se trouvant, de vos salives se mêlant ?

À mon tour je me confie. Je confesse mon désarroi à mes amies. Passé l'étonnement, elles s'enthousiasment. Elles me disent l'espoir fou que ton histoire éveille en elles. L'espoir qu'elles aussi, dans vingt ans, trente ans, pourront à nouveau aimer, perdre pied, éprouver ce vertige qui serre le ventre, et non, ce ne sera pas sale, ce sera beau, ce sera naturel.

Pourtant je n'y arrive pas. Je n'arrive pas à imaginer cela. Qu'un homme puisse désirer ce visage creusé de rides, ces seins lourds de tant d'années, ces chairs ramollies. Je me repasse la chanson de Reggiani, *Sarah*. « La femme qui est dans mon lit n'a plus vingt ans depuis longtemps les yeux cernés par les années [...] le corps lassé [...] le dos voûté semble porter des souvenirs, qu'elle a dû fuir [...], son corps, ses mains s'offrent aux miens, et c'est son cœur, couvert de pleurs et de blessures, qui me rassure. »

Ton cœur est-il couvert de pleurs et de blessures ? Tu n'as pas toujours eu la vie facile. Papa, même si tu finissais toujours par obtenir de lui ce que tu voulais, ne l'était pas. Tu m'as raconté combien il pouvait être dur, impatient, irascible. À quel point tu as vu ta vie se rétrécir dans cette province reculée. Je ne t'ai jamais vue pleurer pourtant, sauf une fois, je devais avoir trois ou quatre ans, nous étions en retard et j'avais voulu attacher toute seule mes lacets, ce dont j'étais incapable, hurlant et battant le parquet à coups de pied rageurs au-dessus de la tête de monsieur Amez Droz, notre vieux voisin du dessous. On ne devrait pas pleurer pour ça. Qu'endurais-tu que j'ignorais, pour que tes nerfs aient lâché pour si peu de chose ? Quelle souffrance ces larmes avaient-elles expulsée ?

Dans le pays, « ça » commence à se savoir. Tu n'as plus peur. Aux premiers beaux jours de mars, il est revenu. Tu ne t'inquiètes plus du qu'en-dira-t-on. Tu l'emmènes partout avec toi. À l'église, à la supérette, au marché, chez le garagiste. Le mercredi, il t'accompagne au bridge. Sous la bienveillance des regards, ta gêne s'estompe ; aux questions que l'on n'ose encore te poser tu réponds par un sourire. Monique n'est plus seule, elle « a retrouvé quelqu'un ». Certaines invitations arrivent à vos deux noms, unis sur une enveloppe. Tu es à nouveau deux, voilà, c'est tout, c'est aussi simple que cela.

Peu à peu, Xavier entre dans notre famille. Lorsque nous sommes là, avec délicatesse il s'attache à se fondre dans nos vies, sans en forcer l'entrée. Il tond la pelouse, taille les haies, ratisse les graviers, met la table, apprend nos habitudes. Au point que l'on finit par avoir le sentiment qu'il a toujours été là, dans notre maison. À son tour il est un peu chez lui chez toi. Chez nous.

Désormais il occupe une chambre à l'étage, plus lumineuse que celle du bas, avec un accès à une salle de bains confortable et pleine de soleil. La chambre du bas est réservée aux visiteurs de passage. Xavier n'est plus un visiteur. Et même si vous ne vivez pas ensemble, il n'est plus un homme de passage.

Il sait notre lien. Quand je suis près de toi, il s'éloigne un peu, le temps pour nous deux d'être à nouveau l'une à l'autre. Alors il prend son Barbour et son chien, allume une cigarette et part marcher sur l'allée de marronniers. Parfois, quand il fait beau et sec, depuis la fenêtre de la cuisine je le vois disparaître de l'autre côté de la maison, emprunter le sentier qui descend à travers bois jusqu'au ruisseau, tout en bas, au bout de chez toi. Au retour la montée est rude. Nous avons une bonne heure devant nous avant que tu sois de nouveau à lui.

Mon fils a trouvé un moyen simple de distinguer son oncle de ce monsieur aux cheveux blancs qu'il voit de plus en plus souvent chez toi. Pour lui, il est « le vieux Xavier ». Quand il ne le voit pas, il te demande avec candeur : « Il est où, le vieux Xavier ? » Tu souris. Si ton petit-fils s'étonne de son absence, c'est qu'il ne vous imagine plus l'un sans l'autre.

Cette identité de prénoms n'est pas la seule coïncidence entre vos deux vies : la fille aînée de Xavier s'appelle Monique, comme toi. Il l'a baptisée ainsi en souvenir de toi, t'a-t-il expliqué, ému. De ton côté, tu dis que pour ton fils Xavier, il s'agit d'un pur hasard. Il n'empêche, si papa a bien choisi le prénom de mon frère aîné, c'est toi qui as décidé de celui du cadet. Quant à moi, je partage le mien avec la plus jeune fille de Xavier. Mais elle et moi ne portons pas votre histoire. Vous ne pouviez pas savoir. Nous nous appelons toutes les deux Véronique et avons presque le même âge. Prénom générationnel, sans doute.

Monique, Xavier, Véronique, trois prénoms qui font de petits nœuds sur les fils de vos vies. Cinquante années passées auprès d'un autre, d'une autre, n'ont pas suffi à vous séparer. Vos mariages, le tien comme le sien, étaient des mariages à trois, vos destins entrelacés à jamais. Il ne pouvait en être autrement, vous deviez vous retrouver. Sans le savoir, vous avanciez tout près l'un de l'autre. Vous vous êtes séparés sans comprendre, avez souffert ensemble de vous croire perdus, vous êtes mariés à quelques mois de distance, avez donné chacun le prénom de l'autre à deux enfants nés à deux années d'écart et le mien à la petite dernière, vous êtes retrouvés seuls en même temps, à onze mois près. Ne dit-on pas que les parallèles se rejoignent à l'infini. Le mot vous va si bien, à vous dont l'amour n'a jamais fini.

Nous passons les fêtes de Pâques tous ensemble dans ta maison. Pour la première fois, Xavier est avec nous. Il participe de bonne grâce à la course aux œufs, poules et lapins cachés dans le jardin. Nous lui offrons un ballotin de chocolats pralinés. Lui est allé acheter pour toi une grande boîte de Pyrénéens, ces chocolats « givrés » qu'il faut conserver au réfrigérateur pour les déguster bien frais, à l'image des montagnes enneigées et glaciers bleutés qui sont la marque de ces confiseries du Sud-Ouest.

Le soir, au dîner, mon frère, amateur de grands vins, a ouvert une bouteille d'un très bon bourgogne rouge, un romanée-conti cru 1989 spécialement sorti de sa cave pour l'occasion. Lorsque, entre deux bouchées de rôti, Xavier porte le verre à ses lèvres, mon frère, la mine réjouie, sûr de son fait, attend. Il guette l'éloge, la première gorgée longuement savourée. Mais Xavier a soif. Il vide le verre d'une traite et retourne à son assiette. Mon frère manque s'étouffer. Un romanée-conti, le dernier de sa cave, descendu comme ça, sans la moindre émotion, comme on avalerait un verre d'eau pour se nettoyer le gosier.

Papa non plus n'était pas très fine gueule. Il ne voyait pas d'intérêt à dépenser des sommes folles dans des choses qui finissaient dans son estomac. Même s'il aimait de temps en temps t'emmener au restaurant, il n'était pas gourmet, pas gourmand non plus, à ton grand regret. Tu disais que les gens qui ne sont pas gourmands ne sont pas drôles. Il faut croire que tu as toujours aimé les hommes pas drôles. Tu disais aussi que les hommes drôles font rarement de bons maris. Le penses-tu toujours ?

Le lundi soir nous repartons tous vers nos vies, les voitures chargées d'œufs, de poules, poissons, lapins, tablettes de chocolat et rochers pralinés. Xavier, lui, reste encore un peu. Avant de t'emmener avec lui dans les Landes où il s'installera jusqu'à septembre. Je ne sais pas combien de temps tu resteras loin de nous, ni même si tu as pris ton billet de retour.

Un nouvel été vient de s'achever et avec lui le temps de vos vies séparées. Tu continues de nous accueillir, nous tes enfants et petits-enfants, profitant de ces moments de plus en plus rares, Noël, Pâques et l'été, où nous nous retrouvons tous autour de toi. Tu ne veux pas t'éloigner lorsque arrivent nos grandes vacances, abandonner ton jardin à la saison des haricots verts, des tomates et des courgettes sous lesquelles tu croules, des groseilles et des framboises dont tu fais chaque année des dizaines de pots de confiture dont nous nous régalons. Lui non plus ne peut renoncer à ses étés avec les siens, dans les Landes, à ces semaines en famille dans la petite maison de Pey.

Dès le milieu de septembre, poussée par le vent du nord qui commence à fraîchir le soir, tu as refait ta valise pour le rejoindre. Tu y as glissé un pot de gelée de groseille et un cahier tout neuf dans lequel tu t'es appliquée à recopier de ta grosse écriture bleue ces recettes dont certaines ont le goût de mon enfance, sansiau bourbonnais, pain d'épices, tarte meringuée au chocolat, et d'autres le nom de celle qui te l'a transmise : aspic de pommes belle-mère, gratin de courgettes Mimi, moka Marie-No, terrine de poisson Suzette…

Déjà trois semaines que tu es partie.

Tu me manques.

Bien sûr, nous continuons de passer des week-ends dans ta maison, mais les belles journées automnales sans toi n'ont pas le même goût. Arriver tard le soir et devoir aller récupérer la clé que tu as dissimulée derrière la gouttière, entrer par le sous-sol, désactiver l'alarme, s'endormir dans une maison vide ; ou alors arriver au milieu du jour le samedi, trouver les volets clos, préparer le déjeuner dans une cuisine sans vie, là où d'ordinaire se mêlent les senteurs de graisse de canard, de pâte cuite et de pain chaud. Tu n'es pas là et cela change tout. Même les rouges et jaunes de la vigne vierge semblent plus fades et le feu dans la grande cheminée du salon ne chauffe plus pareil. Au tiède de l'âtre, je frissonne.

Je t'appelle parfois, moins qu'avant. Je n'aime pas téléphoner là-bas, te cueillir dans ce chez-toi qui n'est pas chez nous. Certains jours pourtant, j'oublie que tu n'es plus tout à fait là. Je voudrais te parler, te raconter un peu de ma vie, t'immiscer dans mon quotidien, partager avec toi quelques-unes de ces rencontres qui, je le sais, te rendraient un peu jalouse. Je voudrais qu'à nouveau tu m'envies. Rétablir notre équilibre. J'aimerais te confier cet homme qui m'appelle un peu trop souvent, ou cet autre avec lequel parfois je m'enivre. Quand vas-tu me revenir ? Vas-tu enfin rentrer ?

Tu es rentrée. Tu m'es revenue au milieu de l'automne, avant la tombée des dernières feuilles. Tu n'aurais pas voulu manquer les jours où ta maison s'empourpre, quand le grand noyer se couvre d'or et que s'ouvrent les dernières roses rouges, ce moment de l'année où elles sont les plus belles. Tu as toujours aimé ces arrière-saisons qui me rendent mélancolique.

Je célèbre ton retour en t'annonçant une nouvelle. Je viens de l'apprendre. J'attends un enfant. Un bébé pour le début du mois de juin. Ton neuvième petit-enfant.

Tu es heureuse. Tu me proposes de profiter des prochaines vacances de la Toussaint pour venir me reposer une semaine à la campagne avec mon petit garçon, ça me fera du bien. Il y a encore de belles journées à la fin d'octobre. Le soir, s'il fait un peu frais, nous ferons du feu, tu auras demandé à Xavier de remplir le coffre à bois de l'entrée. Oui, parce qu'il sera là, tu ne me l'avais pas dit ?

Mais nous aurons tout de même nos moments à nous, il doit aller marcher une heure tous les jours, c'est pour son cœur.

J'arrive par le train avec mon fils. À la gare de Moulins où je ne peux m'empêcher, encore aujourd'hui, de guetter sur le quai la silhouette voûtée de papa dans son imperméable mastic, c'est Xavier qui nous attend. Tu ne m'as pas prévenue. Je suis déçue. C'était toi que j'espérais. Mais il semble que tu sois très occupée. « Votre mère avait beaucoup à faire, elle n'a pas pu venir. »

J'évite toujours les trajets en voiture avec des gens que je connais peu. Je n'aime pas parler en voiture et j'ai facilement mal au cœur. Avec papa c'était bien, je n'avais pas besoin de dire grand-chose, il faisait la conversation tout seul. À peine installé au volant, il entamait le récit détaillé de votre semaine, ces dîners « où ta mère a encore tapé la carte », les réceptions chez les uns et les autres, les morts, les naissances et les mariages, le plafond qui s'effrite, les arbres arrachés, les souris, le vieux curé mal en point ; il était intarissable, ponctuant chaque phrase par un « mon vieux », ce « mon 'ieux » que nous imitions en nous moquant.

Les moments où je me trouvais seule avec papa étaient rares, je crois même qu'il y en eut très peu en dehors de l'habitacle d'une voiture. C'est à présent qu'il n'est plus là qu'ils m'apparaissent précieux. Je n'ai pas su en profiter. Pendant qu'il me parlait, je n'avais qu'une envie, qu'il accélère pour vite te retrouver. Lui aurait bien aimé, je crois, que la route soit un peu plus longue. Je suis perdue partout, ne me repère nulle part, il aurait pu emprunter des déviations imaginaires, multiplier les détours, invoquer des travaux et des routes barrées qui n'existaient pas. À son côté, je me serais juste agacée de la lenteur d'un trajet qui ne finissait pas. Au lieu de quoi il roulait doucement, ralentissant à chaque virage, laissant vagabonder son regard alentour dès que nous étions à l'arrêt, faisant mine de se laisser distraire, tardant à redémarrer après un stop ou un feu rouge. Nous traversions les villages au pas pendant qu'il me commentait une épicerie fermée, une maison à l'abandon, une autre à vendre… Les derniers mètres me séparant de toi, sur l'allée de marronniers, se faisaient au ralenti, il pestait contre les trous et les flaques qu'il s'acharnait à vouloir éviter, nous progressions en zigzags, rasant les bas-côtés et frôlant les fossés, cahotant tous les deux nos derniers instants ensemble. Après, il savait que je serais à toi et que lui reprendrait sa place.

Assise auprès de Xavier, mon fils installé à l'arrière, la tête appuyée contre la vitre j'aimerais me perdre dans mes souvenirs, retrouver papa et son vieil imperméable, musarder avec la mémoire de lui sur les chemins vicinaux. L'élégance de Xavier ne me laisse pas m'isoler dans la nostalgie. En homme qui sait vivre, il me pose tout un tas de questions, se soucie de savoir si nous avons fait bon voyage, ne faisait-il pas trop froid dans le train ? Avons-nous pu grignoter un petit quelque chose ? Je réponds poliment, avec une économie de mots, fixant la route, redoutant un peu plus chaque virage, il conduit plutôt vite et la route est étroite.

C'est au bout d'un silence, au moment où je commence à m'échapper, là où la petite départementale s'enfonce dans les sous-bois, dans la pénombre des feuillages roux, qu'il entreprend de me raconter. Avec délicatesse, il s'applique à me faire le récit détaillé du jour de vos retrouvailles. Votre promenade jusqu'au potager, la remontée du temps, l'éveil de vos mémoires et le réveil de ses sentiments pour toi, les mots échangés. La pintade brûlée, aussi. Il rit : « Je n'ai rien dit, votre mère a cru que je ne m'en étais pas rendu compte mais tout était complètement carbonisé ! »

Je souris. Je sais déjà tout cela, et mieux que cela. Lui ne me dit pas ce baiser qu'il t'a donné, à la tombée du soir, près du portillon. J'écoute sans l'interrompre ce récit dont je connais chaque détail. C'est étrange, presque dérangeant, cette intimité soudaine sous les arbres. Et ces deux mots répétés, « votre mère », qui résonnent bizarrement, maintenant une distance au moment de la confidence. Sans le vouloir, en me parlant de toi comme « votre mère », loin de me rapprocher de lui, voilà qu'il m'éloigne de toi. Je ne sais que dire, comment accueillir cet élan de confiance. Alors je me tais, espérant qu'apparaissent enfin les barrières blanches du bout de l'allée, qui mettront un terme à cette confession embarrassante.

C'est la première fois que nous allons passer autant de temps tous les trois ensemble. La première fois aussi que je suis en vacances chez toi sans que tu sois toute à moi. Parce que même quand nous sommes seules toi et moi, même lorsque nous sommes assises à la table cirée de la cuisine, tu n'es plus toute à moi.

Quand il est là, il ne me gêne pas. Il est agréable à vivre, toujours avenant et souriant. Déjà habitué des lieux, il est à l'aise, participe aux tâches quotidiennes avec un allant presque touchant. Soucieux de bien faire, il met le couvert, va remplir la carafe d'eau au robinet du petit office, débarrasse la table, nettoie les miettes avec la balayette et prépare le café, reprenant sans le savoir les rituels qui étaient ceux de papa. Ses gestes sont encore hésitants, il ne se rappelle plus toujours quel tiroir, quelle étagère, quel placard, il fait ce qu'il peut. Ne cherchant qu'à te faire plaisir, comme à chacune de ses visites il a apporté du foie gras. Depuis qu'il est dans ta vie, ton réfrigérateur déborde de ces bocaux du Sud-Ouest, foie gras de canard ou d'oie, cou farci, confit, graisse de canard et autres rillettes, pâtés et terrines.

Il est très gentil avec mon fils, s'amusant d'être « le vieux Xavier », riant des histoires qu'il lui raconte avec ce naturel et cette spontanéité de l'enfance. Mon fils qui n'a pas connu papa et qui, peut-être, bientôt, s'attachera à ce vieux monsieur rieur comme à un grand-père.

Xavier rit beaucoup, surtout avec toi et de toi, le moindre de tes gestes, de tes mots, déclenchant un éclat de rire. Moins avec moi, comme s'il craignait de me heurter ou me blesser, ce qui le rend un peu pataud. Peut-être redoute-t-il, s'il venait à trébucher, échouant à m'apprivoiser, que tu puisses encore changer d'avis.

Que tu puisses encore changer d'avis... Je te regarde, je t'écoute et très vite je sais. Je sais qu'entre lui et les autres, tu as déjà choisi.

Quoi que tu fasses, quoi que tu dises, il pose sur toi son regard bleu tour à tour émerveillé, tendre, ému, amusé. Et toi, tu es aux anges. Pour l'entendre rire, pour éveiller le regard bleu, tu en fais un peu trop. Je te surprends à minauder. Plus je découvre la femme et plus je m'attache à la mère, celle que tu étais avant, que tu redeviens encore parfois, celle qu'aujourd'hui je crains si fort de perdre.

Il y a de l'enfantillage dans vos attitudes, un peu de comédie aussi. Malgré vos trois ans d'amour retrouvé, vous semblez encore aux jours des premiers émois, comme insensibles au passage du temps. Votre histoire n'en finit plus de commencer. J'ai beau me dire que tout cela est normal, que votre remontée du temps vous a ramenés cinquante ans en arrière, je ne m'attendais pas à une telle retombée en adolescence. Vous me faites l'effet de deux meubles rutilants dans un salon ancien, étalant vos sentiments trop neufs à l'âge des amours passées et des passions usées.

À table, tu reprends un verre de vin et il rit. Tu fais tomber ta serviette et il rit. Tu le contredis et il rit. Je crois que tu pourrais dire passe-moi le sel et il rirait. Un jour, c'est plus fort que moi. Après un énième éclat de rire pour une broutille, je le lui dis : il faut qu'il arrête, il te témoigne trop d'admiration, il va te rendre impossible. Il me regarde, étonné, et il rit.

Le soir, quand mon fils est couché dans sa chambre à l'étage, là où, du temps de ma grand-mère, tu avais aménagé ta première cuisine, celle de mes souvenirs de petite fille, un curieux sentiment de solitude m'étreint. Je suis chez nous, dans cette maison de mon enfance, et je ne me sens plus vraiment chez moi. Jour après jour, Xavier et toi construisez votre vie à deux. Déjà, vous avez vos habitudes. Après le dîner, à l'heure où, avant, nous nous installions toutes les deux dans le fumoir et entrions en confidences, vous approchez vos deux fauteuils et vous isolez au coin du feu, une grille de mots croisés sur vos genoux. Gomme et crayon en main, tête contre tête, vous remplissez la grille, énonçant à voix haute les définitions. Tu trouves plus vite que lui, il fait mine d'être affolé par ta rapidité, siffle d'admiration, en rajoute un peu dans la flatterie, s'amusant de tes moqueries lorsqu'il propose un mot qui ne convient pas. Si la grille est complète avant que la soirée soit trop avancée, vous sortez la boîte de Scrabble et entamez une partie.

Là encore, c'est toi qui gagnes. Il feint alors de rouspéter : « Ne me dites pas que vous allez une fois de plus placer toutes vos lettres ! » s'offusque-t-il tandis que fièrement tu étales tes sept lettres sur le plateau.

Assise près de vous, je ne sais que faire de moi. Les mots croisés m'ennuient, et le Scrabble à plus de deux joueurs, je n'aime pas. Je crois même que je n'aime jouer qu'avec toi, seule avec toi. Je reste avec vous, m'efforce de sourire quand il rit, ravale l'agacement qui pointe. J'ai renoncé à lire, je ne parviens pas à me concentrer, et m'occupe à tourner distraitement les pages d'un magazine. Je ne peux m'empêcher de saisir quelques bribes de vos phrases, m'irritant de ce vouvoiement que le temps ne semble pas user. Les derniers jours, devant tant de complicité et de rires qui m'excluent, je me surprends à lever les yeux au ciel. Que m'arrive-t-il ? Que nous arrive-t-il, maman ?

Un soir, je décide de vous abandonner à vos jeux et vais m'isoler dans le petit salon. Avachie dans le vieux canapé délavé, je m'abrutis devant un film idiot à la télévision. À un moment, j'entends la porte du fumoir s'ouvrir, se refermer, vos pas dans le couloir, puis dans l'escalier. Vous n'avez pas passé une tête dans le petit salon pour me dire bonsoir, vous devez penser que je suis allée me coucher. Ou bien vous m'avez oubliée. Lorsque je monte à mon tour, je ralentis le pas en passant devant ta chambre. Des chuchotements trahissent votre intimité. Je ne savais pas que vous dormiez ensemble. Tu ne m'as rien dit. Tu ne me dis plus rien.

Je suis allée chercher dans ta chambre le magazine que tu m'as demandé. Je n'y étais pas entrée depuis notre dernier passage chez toi. Quelque chose a changé, qui me saisit.

À la mort de papa, tu n'avais plus supporté le grand lit de cuivre où tu l'avais vu allongé pour la dernière fois, raide dans son costume de laine anthracite et son gilet de satin gris. Tu l'avais fait transporter dans la chambre de la tour et tu l'avais remplacé par ton lit-bateau à une place et demie, celui de l'ensemble en châtaignier de ta chambre de jeune fille, dans lequel tu avais toujours vu dormir tes parents serrés l'un contre l'autre. Aujourd'hui le grand lit de cuivre est revenu. La chambre de jeune fille a repris ses airs de chambre conjugale. C'est une autre remontée dans le temps, plus modeste celle-ci, trois ans à peine, mais elle fait si mal.

Je trouve tout de suite le magazine, posé sur la table ronde à côté du bulletin du curé, du programme de la saison théâtrale vichyssoise et d'un dépliant publicitaire des supermarchés Champion. Au-dessus de la cheminée, dans son cadre de verre, il y a toujours la photo de papa, la même que chez nous à Paris, chemisette à carreaux marron et jaune, veste à chevrons et gitane papier maïs aux lèvres. Sur la table de nuit, le dernier livre de Jean d'Ormesson.

Mue par je ne sais quelle curiosité, je n'ai pas pu me retenir. J'ai ouvert le tiroir.

À l'intérieur, un bloc-notes, des enveloppes libellées à ton adresse, un chapelet en corail, un tube de crème pour les mains, quelques photos, une lime à ongles, et des lettres. Certaines, corrigées, raturées, surchargées, chiffonnées, sont des brouillons ; les autres, propres et soigneusement repliées et remises dans les enveloppes décachetées, sont des lettres de Xavier. Assise sur le lit de cuivre, les jambes ballantes, me laissant porter par le hasard, j'attrape une feuille, puis une autre. Je n'ai pas le droit, je le sais. Telle une femme jalouse, sans savoir ce que je vais chercher ni ce que je veux trouver, j'entre par effraction dans ta vie intime, celle que tu ne me dévoiles plus. Je lis. Comme hypnotisée, je survole l'écriture des sentiments, l'échange de mots désuets, le rappel de souvenirs plus ou moins partagés, les mises au point qui n'en finissent pas. Lui n'en démord pas, c'est toi qui as disparu en 1945. Il ne se souvient plus des détails mais ce n'est pas lui qui est parti, de cela il est certain. Toi qui pensais avoir le fin mot de votre histoire, qui espérais, par ces retrouvailles inattendues, obtenir enfin une explication, voilà qu'elle t'échappe encore. Tu ne sauras jamais pourquoi, il y a cinquante ans, vous vous êtes manqués.

Au milieu de déclarations amoureuses, d'horaires de train extrêmement précis – « Il me tarde de vous serrer dans mes bras... Si vous prenez le train de 9 h 11 avec changement à Saint-Pierre-des-Corps d'où vous repartez pour Dax à 12 h 28 (attention, vous n'avez que dix-sept minutes pour changer, ne traînez pas, ne prévoyez pas un bagage trop lourd à cause des escaliers), je partirai de la maison à 19 heures, ce qui me laissera un peu de marge pour être sûr d'être à l'heure pour vous accueillir à 19 h 47 » – et de l'organisation de vos prochains séjours, vous vous laissez aller à de véritables dissertations philosophiques. Des pages et des pages de conversations de papier que je ne lis pas. Le téléphone ne vous relie que rarement. L'outil est trop moderne pour reprendre une histoire interrompue il y a un demi-siècle. À l'époque, les aveux se faisaient à l'encre et laissaient des traces de papier.

Et puis, tout au fond du tiroir, au-dessous de vos échanges, je découvre un petit cahier à gros carreaux. Avec une application d'écolière, tu as noté des pensées religieuses, recopié des phrases du père de Foucauld et de Jean-Paul II. Sous des commentaires très scolaires, tu prends de bonnes résolutions, promets de mieux aimer ton prochain et implores le secours de la Sainte Vierge pour t'aider à tenir tes engagements. Je n'en reviens pas. Maman, qui es-tu vraiment ?

Tu m'appelles d'en bas, vous m'attendez pour le café.

Je referme brutalement le tiroir, sonnée.

« Tu as trouvé le journal ?

— Oui, oui, c'est bon, je descends. »

Je fouille. Je suis devenue une vraie fouineuse. Je suis une amante trompée qui cherche la preuve de la trahison. J'ai découvert toute seule qu'il partage désormais ton lit. Que me caches-tu d'autre ?

J'ouvre le premier tiroir de la commode de ta chambre, là où tu ranges tes coffrets à bijoux au milieu de tout un tas de petites affaires et de tes sous-vêtements. Nous avons souvent ri ensemble de tes larges culottes bistre d'un autre temps. Est-ce parce que j'ai grandi ? Celles que je découvre ne me semblent plus aussi gigantesques. Plus modernes, elles ressemblent aux miennes, des blanches, quelques noires aussi. Je me souviens de ce que tu me disais, que papa aimait les dessous noirs. Depuis combien d'années n'avais-tu pas ainsi renouvelé le contenu de tes tiroirs ? As-tu eu honte, soudain, de ces cotons de grand-mère ?

J'ouvre le deuxième tiroir. Là, une chemise de nuit toute neuve, sorte de mousseline blanche bordée de dentelle ajourée, est soigneusement pliée auprès de vieilleries en pilou.

Dans le troisième tiroir, celui du bas, tu n'as pas touché aux pulls de papa. Il y a là son vieux chandail gris à grosses mailles, celui qu'il mettait souvent le soir, lorsqu'il s'installait à son bureau, près du feu, pour lire le journal ou trier ses papiers. Deux autres pulls à maille plus fine sont encore sous cellophane. Tu les lui avais offerts à l'occasion de Noël ou d'un anniversaire. Papa ne portait jamais les vêtements neufs qu'on lui offrait. Il agissait avec les pulls et les chemises comme avec le pain rassis ou les pommes talées : il fallait toujours finir les vieux quignons avant d'entamer la baguette fraîche qui, du coup, devenait dure et sèche, et les pommes à moitié pourries avant les plus saines qui, de fait, ne l'étaient plus. Après avoir essayé le pull et remercié, il le replaçait avec soin dans l'emballage, puis le remisait dans le tiroir auprès des lainages usés, mités et boulochés qu'il lui fallait « terminer » avant. Mais ce n'est pas tout. Dans le tiroir de papa, sont soigneusement rangés quelques caleçons et paires de chaussettes qui n'ont jamais appartenu à papa. Pourquoi ici ? Pourquoi Xavier ne les range-t-il pas dans « sa » chambre, celle qu'il feint encore d'occuper quand je suis là ?

Dans ta salle de bains, attenante à la nôtre, il y a ta penderie et celle de papa. Je commence par la tienne. Suspendu près de tes chemisiers de soie blanche ou écrue, il y a un tailleur que je ne connais pas. Tu as dû l'acheter pour l'hiver. Je t'imagine dedans, les tons de bleu et de gris assortis à tes yeux. Je ne l'ai pas vu sur toi, tu ne me l'as pas montré comme tu as l'habitude de le faire, t'inquiétant de mon avis. Tu as dû oublier. Et puis, dans le bas du placard, bien alignée à côté de tes vieux souliers, une paire d'escarpins bleu marine que je ne t'ai jamais vue porter. Il y a encore les boules de papier froissé à l'intérieur. Ils iront bien avec le tailleur. Tu seras jolie, cet hiver, à Montauban.

J'ouvre le placard de droite, celui de papa, là où tu stockes les rouleaux de papier toilette. Tu as fait du tri. Des nombreux pantalons, chemises et vestes de toutes saisons, ne restent plus qu'un costume sombre et un blouson de velours côtelé grège tout neuf, qu'il n'a pas eu le temps de porter. Je me rappelle qu'il l'avait commandé à la Redoute. Un costume sombre et un blouson, c'est tout ce que tu as gardé. Qu'as-tu fait de son vieux manteau pied-de-poule ? Et de ses babouches marocaines jaunes ? Et de son écharpe grise dans laquelle, il y a quelques mois encore, j'enfouissais mon nez pour respirer un peu de lui ? Et de sa vieille veste défraîchie, celle qu'il mettait tous les jours, même pour aller jardiner ou se promener dans les bois ? Pendant des semaines après sa mort, j'ai serré cette veste râpeuse dans mes bras, enfonçant ma tête dans le col, humant l'odeur laissée sur le gros-grain, ce mélange douceâtre et un peu âcre de savonnette, de transpiration et d'eau de toilette. J'inspirais profondément, j'aspirais les dernières traces de papa, je les happais à m'étouffer.

Qu'as-tu fait de papa ?

Quatre ans déjà que papa est parti. Pourtant, parfois lorsque je suis couchée, il me semble encore entendre son pas un peu usé, traînant ses babouches marocaines dans le petit couloir aux placards, celui qui mène à ma chambre. Il en ouvrait souvent les portes grinçantes pour ranger la tête-de-loup, suspendre sa veste à un cintre ou récupérer son anorak pour sortir faire un tour avec toi.

Je me rappelle ce jour où je m'étais réfugiée seule dans ma chambre pour pleurer. Une fois de plus, mes espoirs d'attendre ce bébé que j'espérais si fort venaient de partir en sang. Papa était allé chercher quelque chose dans un des placards et il m'avait entendue. Alors, timidement, il avait frappé à ma porte, avait passé la tête ; inquiet, il était entré. Il s'était assis tout près de moi sur le lit, et il m'avait consolée. Il ne m'avait pas prise dans ses bras, ne m'avait pas embrassée, il y avait trop de pudeur entre nous.

Quand il est mort, j'ai hurlé. Je ne pouvais plus m'arrêter. J'ai insulté Dieu. Je lui ai réclamé une heure, juste ça, revenir une heure en arrière, prendre le téléphone, appeler papa, lui dire que je l'aimais. Juste ça. Juste ces mots que je ne lui avais jamais dits.

Pendant une semaine j'ai voulu mourir. Le rejoindre, où qu'il se trouve. Pendant une semaine, j'ai cessé de nourrir mon bébé, de le changer. Je ne m'en occupais plus. J'étais morte.

Quand je suis doucement revenue à la vie, je n'étais plus la même. J'étais une trapéziste à qui l'on venait de retirer le filet au-dessus duquel elle évoluait depuis l'enfance. Comment allais-je pouvoir voler, désormais ? Qui allait me retenir, m'empêcher de tomber dans le vide ?

À présent, quand je suis dans ma chambre, il m'arrive encore d'entendre les petits pas discrets dans le couloir aux placards. Ce sont ceux de Xavier qui vient ranger la tête-de-loup, suspendre sa veste à un cintre ou récupérer son anorak pour sortir faire un tour avec toi.

Alors bien sûr, il n'est pas question qu'il prenne la place de papa. Il a juste occupé sa chambre, mis ses pas dans les siens, rangé ses affaires dans le vide qu'il a laissé, le vide que tu as fait. Ce n'est peut-être pas un remplacement, mais c'est une occupation.

Il pleut. Tous les jours. Novembre en Bourbonnais est gris, froid et mouillé. Les matins sont blancs, quand j'ouvre les volets grinçants mon regard bute sur un épais voile qui floute les prés et les bois. Je traîne un peu avant de descendre à la cuisine pour le petit déjeuner, le prendre entre vos deux robes de chambre m'embarrasse.

Je m'emmitoufle et sors faire un tour. Sous le ciel sans lumière, les vieux arbres émettent des craquements inquiétants. Les feuilles en tombant imitent le crépitement de la pluie sur l'ardoise. Ça sent l'humus et le bois mouillé. J'ai froid. Je rentre.

Après le déjeuner, comme chaque jour, Xavier va fumer sa cigarette dans la cour avant de t'apporter ton café avec, sur la soucoupe, un sucre pour ton « canard » rituel et un carré de chocolat au lait. Puis il s'installe dans le fauteuil crapaud avec *Le Figaro*, commentant à voix haute les nouvelles pendant que tu feuillettes distraitement le *Madame*. À nouveau, je m'ennuie. Le vent dehors n'appelle pas à la promenade. Prétextant un coup de fatigue, je monte me reposer dans ma chambre. Je suis un peu barbouillée, ces vacances ne me réussissent pas, il y a quelque chose qui ne passe pas bien.

Dans l'après-midi, Xavier va marcher dans la futaie avec son chien. Je me retrouve seule avec toi dans le fumoir. Tu t'installes près de la cheminée, un livre sur les genoux et ton tricot entre les doigts. Pour éviter le silence, je mets de la musique et parfois, quand tu reconnais un air, tu fredonnes et bats la mesure en tapotant le bras du fauteuil avec ton aiguille. La nuit tombe à l'heure du thé que nous prenons tous les trois au coin du feu.

Au bout d'une semaine, ce qui m'amusait un jour et que je supportais un week-end m'est devenu insupportable. J'ai hâte de m'en aller. Je ne me sens plus chez moi dans ce qui fut notre maison. Peu à peu, chez nous est en train de devenir chez vous. À votre complicité des premiers temps s'est ajoutée l'intimité. Celle qui fait que l'on se sent de trop.

Le dernier jour, c'est toi qui nous emmènes à la gare. En t'embrassant sur le quai pour te dire au revoir, je sais que rien ne sera plus jamais comme avant.

Mi-novembre, tu es repartie. Au petit matin froid, à l'heure des gelées blanches, tu as éteint le chauffage, vidé le réfrigérateur, fermé les volets et la maison. Xavier t'a mise dans sa vieille voiture et vous avez pris la route de Montauban.

Tu reviendras pour Noël, quelques jours avant pour retrouver tes repères, te sentir à nouveau chez toi, réapprivoiser le froid, les ciels de neige et l'humidité glacée. Tu te prépareras à nous accueillir, à renouer avec le bruit, les cris, les courants d'air, les traces de boue, les manteaux négligemment jetés dans l'entrée, les jouets qui traînent un peu partout. Après six semaines d'une vie calme et bien réglée, tu vas devoir te refaire à nos désordres.

Au téléphone je te sens moins pressée de rentrer. La vie est douce dans la ville couleur de brique, peu à peu tu t'y installes. Tu as même trouvé un très bon ophtalmologue en centre-ville, un docteur si gentil, chez qui tu peux te rendre à pied. À Montauban, rien n'est loin, tout est facile. Ce n'est pas comme à la campagne. On parle de t'opérer de la cataracte, alors bien sûr tu envisages de le faire là-bas. Loin de nous mais près de lui, de ta nouvelle maison, de tes nouveaux amis.

Le dernier jour de l'année, tu es invitée à un réveillon avec ceux de ta vie d'ici. Tu leur manques, ils me l'ont dit avec un sourire triste : « Ta mère n'est plus jamais là, elle nous manque… »

Comme je les comprends.

Peu après mon retour à Paris, à deux mois de grossesse, je dois rester allongée. La dernière fois, sept ans plus tôt, j'avais dû rester alitée les trois premiers mois. Spontanément tu étais accourue pour m'aider, abandonnant papa qui, pendant quinze jours, allait se nourrir d'œufs sur le plat et de semoule, les deux seules choses qu'il sache se faire cuire. Cette fois, c'est moi qui suis obligée de te suggérer de venir passer un peu de temps à la maison. Tu hésites, tergiverses, tu viens à peine d'arriver à Montauban, c'est compliqué… Xavier va être déçu, c'est ennuyeux, c'est que ça tombe mal tout ça… Enfin, tu vas voir…

Tu finis par me faire l'aumône d'une petite semaine. Ce n'est pas une réussite. Tu fais bien quelques courses, à la boulangerie ou à la supérette, mais pour le dîner, le bain de notre fils et ses rares devoirs de classe, tu ne m'es pas d'un grand secours. Tu passes tes journées à tricoter dans le canapé du salon, tout en remplissant des cases de mots croisés et regardant la télévision. En fait, tu ne me sers à rien.

Peut-être est-ce aussi ma faute. Peut-être mon inquiétude me rend trop centrée sur moi, impatiente et agacée. Tu m'as toujours reproché d'être égocentrique, avec raison sans doute. Peut-être aussi que tu n'es pas bien ici, avec moi. Diminuée, allongée sur mes coussins, je ne peux pas beaucoup m'occuper de toi qui voudrais tellement être ailleurs. Tu trouves Paris trop grise et trop agitée, tu as hâte de retrouver la ville rouge où il te fait si bon vivre.

Au bout d'une semaine, tu reprends le train pour Montauban. Je suis presque soulagée.

Depuis qu'il prolonge ses séjours chez toi, Xavier a été adopté par ton groupe d'amis. Les gens l'apprécient. Les invitations arrivent, nombreuses, des cartes de visite gravées te conviant, « accompagnée », à un thé, un bridge, un déjeuner. Sur les enveloppes, de plus en plus souvent le nom de Xavier figure au-dessous du tien. Même s'il est un peu raide, son allure vieille France plaît dans ce Bourbonnais où l'on compte le plus grand nombre de châteaux au kilomètre carré.

Le premier week-end d'avril nous décidons de venir le passer avec vous. Il y a trop longtemps que je ne t'ai pas vue, tu me manques. Tu t'es réjouie tout en me prévenant : vous êtes invités à déjeuner samedi, puis vous resterez jouer au bridge. Ce n'est pas tout près, une cinquantaine de kilomètres de ta maison. Nous ne devrons pas vous attendre avant six ou sept heures du soir. Que nous ne comptions pas sur vous non plus pour le dîner, vous aurez bien goûté et n'aurez certainement pas faim.

Nous venons pour te voir et nous nous retrouvons seuls.

Dès onze heures vous êtes fins prêts. Tu es allée chercher la voiture au garage pour l'avancer devant le perron. Je vous regarde tous les deux. Vous formez un beau couple. Tu es allée chez le coiffeur, tu as refait ta couleur et la coupe est impeccable. Ce nouveau tailleur bleu pâle te va bien et même si tu as pris ces dernières semaines un peu de rondeurs à force de foie gras et de confit, tu es jolie. Dans quelques mois tu ne pourras plus lire *Tintin*, pourtant tu ne renvoies pas vraiment l'image d'une vieille dame. Xavier, lui, a revêtu un costume gris clair qui lui donne une allure de printemps, une chemise blanche, une cravate vert foncé, ses souliers sont impeccablement cirés. Il est beau. Tu dois être fière d'être à son bras. Tes amies, presque toutes veuves à présent, doivent t'envier. Lui aussi peut être fier de toi. Comme l'était papa qui n'a jamais cessé de t'admirer. Lui aussi était élégant. Il se tenait juste moins droit.

J'accouche le 5 juin d'un deuxième garçon, un drôle de bébé hirsute dont l'épaisse crinière noire semble avoir été taillée en brosse. Tout s'est bien passé, il est prévu que je reste à la maternité une bonne semaine, et tu as tant à faire chez toi. Tu vas venir, bien sûr. Dans quelques jours. Tu me tiens au courant, il faut que tu regardes les horaires de train. Rien ne presse, puisque tout va bien.

À mon retour de la maternité tu as prévu de rester quelques jours à la maison pour m'aider. Nous ne dormons pas beaucoup. Toi, heureusement, la nuit tu te reposes, tu n'entends pas les pleurs ni nos pas feutrés dans l'appartement.

Le jour, contrairement à moi, tu es en pleine forme. Et tu m'épuises. Tu ne sais pas préparer un biberon, ni changer une couche, ni glisser des petits bras et des petits pieds dans les manches et les jambes d'un body de coton. Tu n'as pas l'idée de sortir au jardin du Luxembourg pourtant tout proche avec le landau ; d'aller chez le boucher et le marchand de légumes acheter de quoi déjeuner, de quoi dîner, de cuisiner, de mettre le linge dans la machine à laver, les assiettes et les couverts dans le lave-vaisselle. Tu tournes en rond, tu proposes une tasse de thé mais tu ne sais ni où est la théière ni comment mettre en route la bouilloire. Je suis exténuée. Je dois prendre soin de mon bébé, tenir l'appartement aussi propre et rangé que possible, faire à déjeuner et à dîner, et m'occuper de toi. Ton sac à main traîne dans l'entrée, ton carnet d'adresses sur la table basse du salon, ton imperméable sur le dossier du canapé, il a plu et ton parapluie ouvert goutte sur le parquet, un sac en plastique avec une paire de chaussures de rechange gît à côté du bar, et tes souliers sèchent devant la cheminée du salon, comme dans l'attente du père Noël. Je suis fatiguée, impatiente, je ne sais plus quoi faire de toi et j'ai plus vite fait de tout faire moi-même que de me lancer chaque fois dans un mode d'emploi détaillé de notre quotidien.

J'ai simplement oublié que tu n'as plus vingt ans.

Vous avez organisé votre vie à deux. L'hiver chez lui, le printemps chez toi, l'été chacun chez soi et l'automne un peu chez l'un, un peu chez l'autre.

Vous ne voulez pas vivre ensemble, ne l'avez jamais envisagé. Tu ne veux pas abandonner ta maison, ton jardin, tes amis, tout ce qui depuis tant d'années fait ta vie. Lui ne veut pas de neige en hiver, il n'aime pas le vent et la pluie glacée de tes automnes. Lui non plus ne veut pas se défaire tout à fait de sa vie d'avant. Partir, ce serait laisser son souvenir s'éloigner au risque de le perdre. Face aux années qui passent, les lieux résistent mieux que la mémoire.

Je vous trouve très modernes. Ensemble, oui, mais chacun chez soi. À nouveau, je me surprends à t'envier. Ne pas subir l'usure du quotidien. Je me dis que peut-être votre couple ne s'usera jamais. Que ces petits agacements de la vie à deux qui, à trop se répéter, ont raison des plus tendres liens, vous ne les connaîtrez pas. Plus de quatre années ont passé depuis ce déjeuner de septembre et c'est toujours le même émerveillement que je lis dans vos yeux qui se cherchent.

Dimanche, c'était le baptême du dernier-né des nombreux petits-enfants de Xavier. Tu étais invitée, bien sûr. Pour l'occasion, vous aviez fait le voyage depuis Montauban. Vous étiez hébergés chez l'une de ses filles, à Massy-Palaiseau, tout près de Paris.

Le lendemain, quand tu m'appelles, comme montée sur des ressorts, tu ne me parles que d'une chose : de pommes de terre.

Tu m'expliques que le gendre de Xavier « fait » des pommes de terre. Après le déjeuner, il t'a fait visiter les lieux. Il t'a menée jusqu'à un hangar gigantesque, là où sont stockées les pommes de terre. Et tu n'en es toujours pas revenue.

« Jamais de ma vie je n'avais vu autant de patates ! Où que je regarde je voyais des patates, il y en avait partout, des tas hauts comme ça ! »

Tu ris. Tu t'amuses beaucoup à me décrire ces amoncellements de pommes de terre. De tout le reste, le baptême, les gens que tu as vus, le déjeuner, la maison, pas un mot.

Voilà. Je ne t'ai pas vue depuis des semaines, tu as fait le voyage jusqu'à Paris et tu es repartie sans passer par notre maison. Il faut que je m'y fasse, nous ne sommes plus ta seule famille. Et tu ne m'as parlé que de pommes de terre…

Tu nous l'as annoncé avec plusieurs mois d'avance. C'est toi qui l'as proposé, c'est ton idée et tout le monde a applaudi. Cette année, le 6 novembre, Xavier aura quatre-vingts ans et c'est chez toi, avec nous, que nous les fêterons. Tu en as parlé avec ses filles. Ta maison est grande, tu peux accueillir tout le monde, enfants et petits-enfants. Nous sommes une vingtaine de notre côté, ils seront une trentaine. Une grande fête familiale. Vos deux familles réunies pour la première fois. Et bien sûr, c'est une surprise.

C'est aujourd'hui. Nous sommes au tout début de septembre et il fait beau. Tu n'avais pas le cœur à le faire revenir à l'automne, lui infliger la rosée blanche des matins de novembre et le tourbillon des feuilles sous la pluie glacée. De toute façon, il n'aurait pas voulu. Vous avez donc décidé d'avancer la date. Cela arrangeait tout le monde, et quand on atteint quatre fois vingt ans, que sont deux petits mois ?

Il est là depuis quelques jours déjà, comme chaque fin d'été désormais. Tout a été parfaitement organisé.

Vous êtes partis pour l'après-midi jouer au bridge chez des amis, à une demi-heure de voiture d'ici. Il est prévu que vous rentriez pour dix-neuf heures. Cela nous donne le temps de tout préparer pour l'accueillir.

De ses cinq filles, je n'en connais qu'une seule, dont tu parles toujours comme de « celle de Lyon ». Elle est passée te faire une visite un jour où nous étions là, ce devait être en juillet. Engagée dans le scoutisme, elle rentrait directement d'un camp et n'avait pas pris le temps de se changer. Je me souviens de l'arrivée de cette dame habillée comme moi quand j'avais huit ans et que tu m'avais mise aux jeannettes : jupe plissée bleu marine, chemise bleu ciel, pull et chaussettes marine, foulard rayé autour du cou… Je garde un souvenir exécrable de ces deux années d'embrigadement au sein de la Ronde Sainte-Agnès, de mercredis après-midi interminables au milieu de filles toutes plus pestes les unes que les autres, de nuits humides à grelotter sous la tente, de la toilette toutes ensemble au ruisseau et de ces platées de pâtes au goût de métal, servies dans des gamelles en aluminium juste rincées à l'eau glacée. Toujours ton souci de ne pas faire de moi, ta fille unique, une enfant gâtée et égocentrée. Tu voulais que je côtoie d'autres enfants de mon âge, m'insuffler le goût du collectif. C'était raté, je restais dans mon coin, refusant obstinément de participer aux activités. Je crois que je t'en veux encore de m'avoir infligé ça. Notre visiteuse de juillet n'avait rien des pestes de mon enfance, et nous avions passé un moment agréable autour d'une tasse de thé et de quelques tranches de pain d'épices.

Aujourd'hui, après « celle de Lyon », je découvre le reste de la fratrie. L'aînée, « la religieuse », qui porte ton prénom, est venue exprès de San Sebastián. Tu aimes bien son franc-parler, elle t'amuse lorsqu'elle bouscule un peu son père. Puis, arrivée avec toute sa tribu dans une sorte de minibus, « celle des onze ». Il y a Véronique, aussi, la plus jeune, « celle des patates », dont le visage me frappe par sa douceur, et enfin « celle qui connaît Bernard », le frère de ma belle-sœur, ton médecin traitant. Lorsque tu nous parles d'elles, tu ne les désignes que rarement par leurs prénoms, tu as peur que nous ne nous y retrouvions pas, que nous oubliions qui est qui, alors tu nous donnes des repères. Celle de Lyon, la religieuse, celle des onze, celle des patates et celle qui connaît Bernard, cinq sœurs avenantes, à l'allure décidée, dont aucune ne ressemble à l'autre.

Votre voiture vient de s'engager dans l'allée. C'est toi qui conduis, tu roules très doucement. Je t'imagine un peu tendue, ce matin tu m'as confié, avec un rien d'inquiétude, espérer qu'il ne ferait pas une crise cardiaque. Quand la voiture ralentit au niveau des barrières blanches, les uns après les autres nous sortons des sous-bois le long de l'allée, où nous nous tenions en embuscade. L'effet est réussi. Médusé, Xavier voit surgir sur cette allée, dans ce coin perdu si éloigné des siens, tous ses petits-enfants, ses filles, ses gendres. Il est très ému, mais le cœur a tenu. Soulagée, tu te laisses aller à rire, enchantée du bon tour que tu viens de lui jouer.

Nous prenons l'apéritif dehors. Pour le dîner, nous avons mis six tables dans le grand salon, nous avons dû compléter avec de vilaines tables de jardin dissimulées sous des nappes brodées. Je me retrouve assise en face de « celle qui connaît Bernard » et du mari de « celle des onze », un militaire qui m'intimide un peu. Entre le vol-au-vent et le fromage, défilent sur un drap blanc tendu au mur les images de quatre-vingts ans d'une vie heureuse, dont quatre avec toi. Quatre ans. C'est si peu, tout m'apparaît si fragile soudain. Encore combien d'années ? Quel est le temps qu'il vous reste ? Sera-t-il là lorsque arrivera ton tour d'être fêtée ? Dans trois ans, tu auras quatre-vingts ans. Et toi, où seras-tu dans trois ans ? Chacune de vos années pèse si lourd...

Lorsque arrive le gâteau, les petits-enfants se précipitent pour entourer leur grand-père. Je les regarde. Tirés à quatre épingles, propres comme des sous neufs, ils se ressemblent tous un peu, surtout les garçons, et il y en a tellement. Je ne suis pas habituée à voir autant d'enfants, je les mélange tous. La journée va s'achever et je ne sais toujours pas qui est qui, ni qui appartient à qui...

Droit dans son costume gris, Xavier est aux anges.

Tu es là, à ses côtés, au milieu d'eux, officiante souriante et, je le crois, un peu émue toi aussi. C'est la première fois que nous te voyons dans ta seconde famille, celle où tu n'es plus maman ni bonne-maman.

Ce soir je te découvre en « Mamouchka ». Il y a tant de tendresse dans ce nom que les siens t'ont choisi. Peut-être aurions-nous dû, nous aussi, trouver une manière affectueuse d'appeler Xavier. De lui montrer qu'il fait à présent partie de notre famille, de marquer sa différence en reconnaissant la place particulière qu'il occupe auprès de toi, si près de toi. Devant tous ceux qui t'ont si facilement, si chaleureusement accueillie, je suis presque gênée de m'adresser à lui par son prénom, comme à ces amis qui ne te sont rien de plus que des amis. Je ne sais pas comment nous aurions pu l'appeler. Quel serait l'équivalent de Mamouchka pour un homme ? Papouchka ? Batiouchka ? Je crois que ce n'est pas seulement une affaire de prénom. Nous n'avons pas su faire. Et aujourd'hui, c'est trop tard.

Je regarde cette grande famille qui vous entoure tous les deux. C'est vraiment une jolie idée que tu as eue là, maman. Je me demande quel effet cela leur fait, à eux qui sont maintenant de ta famille sans être de la nôtre, de fêter leur père, leur grand-père, dans une maison qui n'est pas la leur, une région qu'ils ne connaissent pas et avec des gens qu'il y a quelques heures encore ils n'avaient jamais vus. Comme lors d'un mariage, les deux familles s'efforcent de se mélanger. On ne sait plus très bien qui reçoit qui, si nous accueillons avec toi la famille de Xavier ou si, le temps d'une journée, nous sommes vos invités.

Vers la fin de la soirée, le champagne aidant, dans ma tête tout se mélange et se brouille. Les familles, le passé, le présent, chez toi, chez nous, chez lui, chez eux. Ce que nous aurions dû faire, n'avons pas su ou pas voulu faire, nos défaillances, nos égoïsmes aussi. Je ne sais plus trop où j'en suis.

« Tu sais, avec Xavier, on dort dans le même lit… C'est plus simple, et puis… Enfin, ça ne t'ennuie pas… ? »

Bien sûr que je le sais. Mais non maman, ne t'en fais pas, cela ne m'ennuie pas. Ce que je ne comprends pas bien, c'est que vous feigniez encore de faire chambre à part. Quelles apparences vous attachez-vous à préserver ?

« Le problème, tu comprends, c'est Xavier… Lui, ça le gêne, ce n'est pas dans ses principes… »

Là non plus, je ne comprends pas bien. C'est quoi, au juste, cette affaire de principes ?

« C'est que moi, tu sais, ça m'est bien égal, mais lui, il est très croyant. Et devant Dieu, il est toujours marié… Notre couple n'a pas reçu la bénédiction de Dieu… »

Je me fige. Je suis sidérée. Incrédule. Où on va, là, maman ? De quoi me parles-tu ? Qu'est-ce que c'est que cette histoire de bon Dieu, que vient-il faire là-dedans ?

« C'est ridicule. »

Je n'ai rien trouvé d'autre à dire.

Tu es repartie. Encore un hiver.

Tu n'étais rentrée que quelques jours, le temps de fêter Noël. Nous avions ouvert ta maison, chauffé ta chambre baignée du soleil pâle de décembre. Xavier, lui, a passé la fin d'année chez sa fille, dans la douceur du Sud. Puis tu as repris le train, abandonnant ici tes cadeaux pour ne pas te charger. Tu emportes juste le fin bracelet de jade offert par l'une de tes petites-filles, que tu as glissé à ton poignet. Le reste, pull, étole, tasses à thé, livres, attendra ton retour. De toute façon, tu as tout ce qu'il te faut là-bas.

Tu es devenue un courant d'air.

Aux premiers jours de mars, je décide de t'appeler. Je n'ai pas noté ta date de retour. Tes séjours à Montauban sont de plus en plus longs, vos périodes de séparation de plus en plus courtes, je ne sais plus trop où tu es. Encore chez lui, ou bien chez toi avec lui, ou bien seule. À tout hasard je compose le numéro de ta maison, de toute façon, tu as demandé le transfert automatique des appels. Je croise les doigts, où que tu sois, pour que ce soit toi qui répondes. Je n'aime pas beaucoup tomber sur lui. Nous ne savons jamais trop que nous dire. Nous échangeons quelques paroles fades et convenues, je m'enquiers de sa santé et du temps qu'il fait, il me demande des nouvelles des enfants et moi de son chien, puis il va te chercher, je l'entends t'appeler à plusieurs reprises, à croire que tu es toujours à l'autre bout de la maison.

C'est toi qui décroches. Depuis que tu es à nouveau deux, je t'appelle beaucoup moins souvent et nos premiers échanges sont un peu guindés, comme si la séparation avait fait de nous de vagues relations.

Il nous faut recoller nos existences, renouer les fils qui se sont détachés, reprendre une conversation chaque fois plus distante. Comment va untel ? Et que devient unetelle ? Et les enfants, ça va à l'école ? Ils travaillent un peu ? Et ton mari, il rentre toujours aussi tard ? Tu me racontes les événements les plus marquants de la quinzaine écoulée, les bridges, les goûters, une visite chez le médecin, vous avez reçu quelques amis à déjeuner aussi, tu as fait ton gâteau à l'orange...

« Ah, et nous sommes allés rendre une visite aux D., tu sais, ceux qui ont la très jolie maison du côté de Toulouse ? Nous y sommes allés en voiture et nous nous sommes arrêtés prendre un café parce que Xavier était fatigué. Nous nous étions levés tôt. Nous sommes rentrés très tard parce que nous avions... »

Mon Dieu, maman, quand vas-tu cesser de t'adresser à moi avec ces mots qui ne sont pas à toi, cette lenteur inaccoutumée ? Avant, jamais tu ne me parlais comme ça. Avant, tu m'aurais dit « on est allés », « on s'est arrêtés », « on s'était levés », « on est rentrés », « on avait »... Je t'en supplie, arrête ça, pas avec moi, ce n'est pas toi. Où sont passés ton naturel, ta spontanéité ? Qu'as-tu fait de notre familiarité ?

Je me retrouve presque timide avec toi, je n'ose plus l'intimité. Je ne te raconte plus ma vie dans le détail, je crains de t'ennuyer. Mes coups de cœur pour l'un ou l'autre, désormais je les garde pour moi. Mes coups de cafard aussi. Nous avons perdu notre complicité. Tu me sembles si loin, et ce ne sont pas tant les kilomètres qui installent la distance. Et puis, quand je te parle, je le devine près de toi. Oh, il ne cherche pas à écouter notre conversation. Mais il est là, assis quelque part, dans la même pièce que toi. Et toi, quand il est là, tu n'es pas la même. Tu soignes ta diction, choisis chaque mot au lieu de le laisser venir, mesures chaque phrase, t'exprimes à la première personne du pluriel. Tu as un ton que je ne te connaissais pas, il y a un je-ne-sais-quoi d'impersonnel dans ces conversations devenues anodines. En quelques années, nous sommes passées de l'intime au mondain. La confidence n'a pas sa place dans le salon de Montauban. Le rire et la colère non plus. Nous sommes en terrain neutre, et chacune veille à ne pas franchir les frontières de ce nouveau cadre.

Je raccroche avec une impression de non-dit, un sentiment de frustration douloureux et persistant. Ma mère n'est plus et le deuil n'en finit pas.

Tu as changé. Tout doucement, en te rapprochant de Xavier, tu t'éloignes de celle que tu étais. Ce n'est pas tant ce « on » qui a cédé la place au « nous » que de toutes petites choses, une attitude, une pensée, qui font que ce n'est plus tout à fait toi. C'est toi avec, chaque fois que je te retrouve, un peu plus de lui.

Après tant d'années de silence et d'éloignement, marcher côte à côte n'est pas toujours facile. Tu me le dis, lors de rares moments où tu t'épanches encore. Il y a quelques cahots sur votre chemin, des petits graviers dans ta chaussure. Parfois tu peines à suivre Xavier, il marche plus droit que toi, traçant une ornière dont tu n'oses pas toujours sortir, longeant des sentiers trop étroits pour toi, où vos différences creusent des nids-de-poule sur lesquels parfois tu viens buter.

Étiez-vous plus semblables lorsque vous aviez vingt ans ? Tu m'as toujours dit que dans un couple, l'homme prenait davantage de sa femme que la femme de son mari. Michèle était plus stricte que toi, plus sévère peut-être, mais comment aurait-elle pu adoucir un homme qui avait fait de la discipline son métier ? À l'époque, Xavier était dans l'armée. Comment auriez-vous pu vous rejoindre alors ? Je t'imagine mal partager ta vie avec un militaire. Le temps a bien fait les choses, unissant chacun de vous à celle, celui, prêt à s'accommoder de la rigidité de Xavier pour l'une, à accueillir ta fantaisie pour l'autre. Lorsque l'heure est venue de vous revoir, le colonel s'était retiré. Celui que tu avais retrouvé avait pris sa retraite après une fin de carrière dans la banque. C'en était fini de l'uniforme. Et même si ses idées, à l'image de l'homme, demeurent droites et un peu raides, il te laisse les tordre sans s'en offusquer, épouse ta fantaisie, délaisse sa rigueur. De plus en plus il penche vers toi, et toi vers lui. Ton langage est plus apprêté, tes manières se sont affinées, tu retournes à des valeurs oubliées, un peu surannées. Alors tu le rejoins dans cet autrefois dont, plus que toi peut-être, il peine à se défaire. Lorsque souvent encore, tu opposes une résistance, il rit, baisse les bras ; et quand avec tendresse il arrondit un peu le dos pour t'embrasser, il y a dans ce geste tout le chemin sur lequel depuis ces cinq années vous avancez l'un vers l'autre, l'un contre l'autre, au prix de menues égratignures et quelques blessures, vous cognant parfois, mais sans jamais vous lâcher la main.

Et même si à mesure que vous vous rapprochez j'ai le sentiment de te perdre un peu plus, je sais que lorsque je tiens ta main, un peu de la sienne se retrouve dans la mienne qui te serre encore plus fort.

Tu m'as annoncé ça au téléphone, sans plus de cérémonie, entre la température extérieure qui a chuté brutalement et le prochain bridge chez les Untel. Tu rentres de ton séjour d'hiver à Montauban. C'est là-bas que la chose a eu lieu, un vendredi.

« On a fait un petit truc, enfin, tu sais, je t'en avais un peu parlé… Avec un prêtre… une bénédiction… »

Une bénédiction ?

Mal à l'aise, avec des mots un peu confus, tu m'expliques. Dans « le plus grand secret », un prêtre a « exceptionnellement accepté » de « bénir votre union », « à une heure où il ne risquait pas d'être surpris ». Parce que, bien sûr, c'est interdit par la loi…

Comment ça, interdit ? Qu'est-ce qui est interdit ? Je ne comprends pas.

« Eh bien, en fait, c'est un peu comme un mariage… Et comme on n'est pas mariés civilement, on ne pouvait pas se marier à l'église… »

Se marier ? Vous vous êtes *mariés* ?

« Non, c'était juste une bénédiction, enfin si, quand même, c'était plus ou moins un mariage... »

Alors, poursuis-tu de plus en plus embarrassée, si ce qu'avait fait le prêtre venait à être connu de sa hiérarchie, il risquait gros. Il avait donc « officié en cachette », dans la crypte d'un couvent, et vous saurait gré de n'en toucher mot à personne.

Je n'en reviens pas. Tout cela pour que Xavier puisse, à quatre-vingts ans passés, partager ton lit sans vivre dans le péché.

« Tu sais, ajoutes-tu, moi ça m'était un peu égal, je l'ai fait pour lui faire plaisir... »

Je ne cherche pas à comprendre ce que maladroitement tu essaies de me dire. Au fond que m'importe ? Moi aussi, ça m'est un peu égal. Alors je dis « Très bien », puis nous passons à autre chose.

J'ai oublié très vite. Avec mes frères, nous ne nous en sommes même pas parlé.

« Vous pourriez venir un week-end dans les Landes », m'as-tu dit un jour, un peu évasive, le genre d'invitation en l'air dont on ne sait jamais vraiment s'il faut la prendre au sérieux. Alors qu'à la mi-mai tu es repartie pour Pey, l'idée a fait son chemin. Nous pourrions profiter du prochain week-end de Pentecôte pour aller vous voir. Nous pourrions faire un tour à Hossegor, ça ferait du bien aux enfants de quitter la moiteur de Paris pour respirer l'air du large. Je me dis que pour toi aussi, ce serait bien. Pey n'est pas Montauban. Tu n'y connais pas grand monde, la maison est isolée, tu m'as confié t'y ennuyer un peu, tu seras heureuse de nous avoir pour rompre la monotonie des jours. C'est donc assurée que cela va te réjouir que je t'annonce notre arrivée le samedi 10 juin pour trois jours avec toi.

Nous avons pris un train à l'aube afin d'être là pour le déjeuner et de profiter de notre première journée. Nous descendons à Dax où Xavier nous attend sur le quai. Encore une petite trentaine de kilomètres et je vais te retrouver.

Nous montons dans le vieux break Peugeot, une espèce de bétaillère qui depuis des années transporte les Serpico successifs, avec un filet de séparation à l'arrière et une odeur de chien mouillé à peine couverte par celle du tabac brun. Heureusement nous roulons vitres grandes ouvertes, il fait une chaleur étouffante et il n'y a pas de climatisation. Assise à l'arrière, un enfant sanglé à ma droite et l'autre sur mes genoux, j'ai un peu mal au cœur. Xavier est d'humeur joyeuse, il est manifestement très heureux de notre venue et n'arrête pas de parler, se retournant pour s'adresser aux garçons pendant que nous filons à vive allure à travers la pinède. Peu rassurée, je fixe la route devant moi, comme si mon regard pouvait suffire à prévenir une catastrophe. Alors que nous roulons sur la quatre voies reliant Dax à Saint-Geours-de-Maremne, « une route particulièrement dangereuse » annonce Xavier, je m'attache à lire chaque panneau que nous croisons, Bayonne, Saint-Vincent-de-Tyrosse, Escornebéou, guettant celui de Pey.

Passé l'Adour, il apparaît enfin. Nous approchons. Quand je pense qu'il t'arrive, pour aller de chez toi à chez lui, de te laisser conduire sur plus de quatre cents kilomètres, dont la traversée sinueuse des routes parfois enneigées du Puy-de-Dôme, je frémis.

La maison blanche est posée dans la campagne landaise, à l'extérieur du village, dans un jardin écrasé de soleil. Occupée à préparer le déjeuner, tu laisses Xavier nous conduire à nos chambres, s'assurer que nous ne manquons de rien. Pour la première fois nous le découvrons dans son élément : sa maison, son jardin, son chien, et je trouve que ça lui va bien.

Puis je vais te rejoindre à la cuisine. Amusée, je te regarde t'agiter, t'impatienter, t'agaçant, dans cette maison que tu connais mal encore, à chercher un plat, un saladier, l'huile, le sel, un torchon propre... Et c'est vrai qu'il y en a un peu partout, que le sens du rangement de Xavier n'est pas forcément le tien. Tu me demandes si nous avons fait bon voyage, si nous ne sommes pas trop fatigués, si les enfants n'ont pas trouvé le temps trop long. Tu préviens : le déjeuner sera simple, « il n'y a pas grand-chose ici tu sais, pour faire les courses il faut prendre la voiture... ». Et puis la chaleur de ce début de juin te fatigue, te ralentit, t'abrutit. C'est vrai que ton visage est un peu chiffonné, tes traits sont plus tirés qu'à l'accoutumée. Intenables après quatre heures de train, les enfants courent partout, touchent à tout, crient, ont faim, réclament à boire... Un peu sèchement, tu leur demandes d'aller jouer dehors. Et moi je commence à penser que ces trois jours avec toi, ce n'était peut-être pas une très bonne idée.

Notre irruption vient perturber la routine des Landes. Ici, les habitudes ne sont pas les mêmes que chez toi. Sans doute nous aurais-tu mieux reçus à Montauban. Tu aurais pris ton petit chariot à roulettes et tu serais allée au marché, tu aurais fait des provisions, acheté du pain, du lait et du chocolat pour les enfants, de quoi nous offrir l'apéritif aussi. Et toutes ces petites attentions qui réchauffent un accueil.

Au lieu de quoi, depuis que nous sommes là, personne ne nous a proposé à boire, pas même un verre d'eau. Histoire de te servir à quelque chose, je mets le couvert sur la table de jardin. Je veux t'aider mais je suis obligée de tout te demander, je ne sais pas où sont les assiettes, les couverts, les verres, les serviettes… Je me sens gauche et j'ai surtout l'impression de t'encombrer. Je te revois chez nous, à Paris, peu après la naissance, tournant en rond dans l'appartement pendant que ça grondait dans ma tête. Finalement je me retrouve comme toi. Aussi inutile, maladroite, ne sachant trop que faire de moi. Ma présence te fait-elle seulement plaisir, je ne sais pas. L'idée me traverse que peut-être, toi aussi, comme moi il y a deux ans, tu seras soulagée de nous voir repartir.

Au déjeuner, des carrés de poisson surgelé avec des pommes de terre, de la salade et des fraises, nous nous détendons. Xavier est agréable, il fait la conversation, raconte l'histoire de cette maison, son attachement à la région. Tu participes par bribes à la conversation, approuvant ou contredisant ses paroles. Au moment du dessert, tu réclames plus d'ombre, te plains de la chaleur qui te pèse, du soleil qui t'éblouit. Tu as une attitude étrange, comme un peu gênée, consciente peut-être de la modestie de ce repas, de cette maison, tendue à l'idée que nous soyons un peu perdus, que tout cela manque de chaleur, et en même temps vaguement agacée de sentir que, sans doute, nous attendions autre chose. Et ton malaise vient s'ajouter au nôtre dans cette maison qui n'est pas la tienne, où tu n'es pas tout à fait chez toi. C'est vrai que dans ces murs, tout te parle du temps d'avant, ce temps où vous n'étiez encore qu'un souvenir l'un pour l'autre. Les photos du salon sont celles d'une vie où tu n'étais pas, la première vie heureuse de Xavier. Un peu plus loin mais si proche, il y a l'église Saint-Saturnin, celle du dernier adieu à Michèle ; il y a le petit cimetière, aussi, là où il t'a emmenée te recueillir, la première fois, auprès de celle qui était là avant toi. Celle qu'un jour il s'en ira rejoindre. Toi, tu reposeras dans le caveau de ta belle-famille, au-dessus de papa, dans le grand cimetière que tu n'aimes pas, à quarante kilomètres de chez toi. Chacun chez soi pour toujours.

L'après-midi se passe entre sieste et lecture au soleil, les heures traînent, une torpeur m'enveloppe qui ressemble à l'ennui. Mon mari et les enfants sont allés marcher avec le chien et je suis restée avec toi. J'espérais notre intimité, une reprise de nos confidences, mais déjà tes yeux se ferment, je te vois qui t'abandonnes, ton livre glisse sur tes genoux, doucement tu t'endors. À mon tour je laisse la léthargie m'envahir, préférant me couler dans l'oubli, endormir ce chagrin qui sourd, celui d'avoir traversé la France pour être près de toi et de ne jamais, peut-être, m'en être sentie si loin. J'attends la fin du jour et le rafraîchissement de l'air, espérant la convivialité du soir.

Le soir, je ne vois rien venir. Je fais dîner les enfants pendant qu'à nouveau tu t'affaires à la cuisine. Je te suggère un apéritif mais tu me réponds qu'il n'y a rien, et puis vous êtes accoutumés à dîner tôt et la soirée est déjà bien avancée. Toi qui d'ordinaire aimes tant partager un petit verre de muscat ou de martini... Quand je te le rappelle, tu balayes ma remarque d'un geste de la main. « On peut bien vivre sans prendre l'apéritif », lâches-tu comme un reproche. Le dîner, frugal et quelconque, est à l'eau du robinet. La soirée sera sobre, nos retrouvailles ne seront pas festives. C'est triste, un repas sans vin.

Cet accueil austère et ce que je perçois, peut-être à tort, comme un manque d'attention à notre égard me rend nostalgique. Alors je fais ce que je sais si bien faire, je regarde en arrière. Un retour sur le temps d'avant Xavier, celui d'avant ta solitude. Papa avait un autre sens de l'accueil. « Whisky ? Martini ? Porto ? Ti-punch ? » proposait-il au visiteur à peine arrivé, accompagnant parfois son offre d'un clin d'œil, avant d'aller chercher le panier d'osier où tintaient les verres et les bouteilles.

Le lendemain, tu n'es pas en forme. Quand je te rejoins pour le petit déjeuner, tu me réponds à peine. M'en veux-tu de quelque chose ? Mais de quoi ? Me suis-je levée trop tard ? Je t'interroge, tu me dis que tout va bien, que « ce n'est rien ». Alors je me tais. Ce n'est pas le bon moment pour chercher à te comprendre. Tu as ta tête des mauvais jours, celle des mauvais sommeils.

Nous faisons tous les frais de ton humeur maussade. Avec Xavier aussi, tu sembles agacée. À ses maladresses tu opposes tes impatiences, à son dévouement les caprices d'une enfant gâtée. Même s'il s'en amuse, tu ne cesses de le rabrouer. Il ne se fâche jamais, cherche à t'apaiser, à te faire plaisir, s'efforçant de devancer le moindre de tes désirs. Faut-il qu'il tienne à toi pour supporter avec autant de gentillesse ton étrange attitude. Je ne te comprends pas. Où s'en sont allées ces étoiles que Xavier avait semées dans tes yeux, qui m'avaient tant émue ? Pourquoi es-tu si dure ?

Très vite, j'étouffe dans cet endroit perdu où je ne suis ni chez toi, ni chez moi, où l'atmosphère se tend. Il y a dans cet air trop chaud dehors, confiné dedans, un je-ne-sais-quoi qui m'oppresse et me brûle. Je ne me sens bien nulle part et ne sais comment nous occuper. Il n'y a rien à faire ici. Tu m'avais prévenue pourtant, je savais à quoi m'attendre. Je n'espérais pas que vous vous mettiez en quatre pour nous distraire, que vous nous concoctiez un quelconque programme de visites. Je ne suis pas venue pour faire du tourisme, pas même pour aller m'allonger sur une plage. Je ne suis venue que pour toi. Et depuis notre arrivée, j'ai beau te chercher, je ne parviens pas à te trouver. Tu me sembles aujourd'hui plus lointaine encore que la veille. Où es-tu maman ?

Xavier propose de nous prêter sa voiture pour que nous allions à Hossegor avec toi. Tu n'as pas envie. Tu préfères rester dans un transat à lire, avec sur la tête ton bob Paolo qui me rappelle notre dernier été breton, quand nous avions encore tant à nous dire et qu'aimer te rendait si douce. Tant pis, nous n'irons pas voir l'océan sans toi.

Après le déjeuner, Xavier, qui sent notre désœuvrement, emmène mon mari et les enfants pour un tour jusqu'au village. Je reste seule avec toi. À nouveau je te cherche. Je t'aide à ranger la cuisine, passe le balai sur la terrasse. Ensemble nous faisons bouillir l'eau pour le thé, préparons les tasses et les soucoupes, sortons les biscuits d'une boîte en fer-blanc piqué de rouille. Puis nous les attendons, assises au soleil. Tu as sorti ton tricot et ton livre, et le silence entre nous s'épaissit, poix étanche qui nous unit en nous séparant.

Ils rentrent un peu tard pour le thé, au retour ils se sont arrêtés à la ferme voisine pour acheter du foie gras. Ils sont restés un moment, Xavier avait envie de parler. Et c'est là, devant mon mari qui me raconte, qu'il l'a annoncé, au milieu des bocaux de canard et des cous farcis.

« Vous savez que j'ai épousé Madame de B. ? »

Je me fige, sidérée. Et que répondre à mon fils qui me regarde sans comprendre : « Bonne-maman s'est mariée ? »

Je fais quoi, maintenant ? Je hurle ? Je fais une crise de nerfs ? Je te fais une scène ? On s'en va ?

Pourquoi Xavier a-t-il dit cela ? À qui d'autre annonce-t-il cette « bonne nouvelle » ? Et toi, que penses-tu de tout ça ? Es-tu d'accord ? Toi aussi, laisses-tu entendre que tu t'es remariée ? À qui, puisque à nous, tes enfants, tu ne l'as jamais vraiment dit ?

Je ne réagis pas. Je m'isole dans un silence buté. Je lui en veux, à lui, d'avoir raconté n'importe quoi.

Mais si ce n'était pas n'importe quoi ? Alors plus qu'à lui c'est à toi que j'en voudrais, de ne m'avoir peut-être pas tout dit. Comme je t'en veux, déjà, de ton éloignement, de ces mystères et de tes silences.

Je suis à cran. Je n'ai plus qu'une envie, m'en aller. Rentrer chez moi. Lors de notre dernier déjeuner, quelques heures avant notre départ, à une remarque sans doute maladroite que je t'adresse, tu surréagis. À table tu exploses, nous prenant tous de court :

« Je fais ce que je veux ! C'est ma vie. J'ai toujours fait ce qu'il fallait, j'ai rempli mes devoirs, maintenant j'ai le droit de vivre enfin pour moi ! Et si vous n'êtes pas contents, ça m'est égal. J'ai enfin le droit d'être heureuse ! »

Et tu pleures.

Je te regarde, médusée, le cœur à vif. Gêné, Xavier semble aussi démuni que nous. Comprend-il ce qui t'arrive ? Que sait-il de cette souffrance que tu sembles porter, qui te fait pleurer, que nous ignorons ? Ce ne sont plus des étoiles que je vois dans tes yeux embués, ce sont des éclats de colère, une rage n'en pouvant plus d'être restée trop longtemps contenue. Et soudain, ce n'est plus ma mère qui me fait face, c'est une adolescente. Non plus celle dont les émois, les rires maladroits, les rêveries et les inquiétudes m'avaient émue, mais une adolescente en crise, rejetant ce que furent ses devoirs et revendiquant ses droits. Un droit surtout : celui de ne plus penser qu'à toi et à ton bonheur tardif, lequel manifestement ne nous inclut pas.

Évoquant le passé, tu oses même parler de « toutes ces années à rattraper »...

Étais-tu donc si malheureuse avec nous ? Avec papa ? Ta vie fut-elle si terrible, avant ? Furent-elles tellement terribles, toutes ces années avec papa, à t'occuper de nous, tes enfants, de lui, ton mari, de ta maison, notre maison ? Ne représentions-nous pour toi qu'une somme de devoirs ? Devoir maternel, devoir conjugal ? Comment peux-tu suggérer tout cela devant moi ?

En quelques mots, tu viens de réduire papa à une longue et triste parenthèse. Et cette parenthèse, maman, c'était toute ma vie heureuse.

Tu es restée encore une semaine après nous.

Je ne t'ai pas appelée. Tu ne l'as pas fait non plus.

Je ne sais plus où nous en sommes, toi et moi.

J'essaie de comprendre.

Il y avait la chaleur, écrasante, que tu n'aimes pas.

Il y avait le lieu, cet endroit où tu ne te sens pas très bien. Où Xavier, tout à son jardin et à son chien, s'occupe peut-être un peu moins de toi.

Il y avait nous, aussi, qui nous étions un peu imposés. Il y avait moi, surtout, ma façon de te vouloir pour moi seule. Les critiques que derrière mes silences tu sentais poindre. Ces réflexions que tu as mal prises. Mon exaspération devant tes caprices. Tes enfantillages. Cette manière d'être avec lui, qui ne me regarde pas. T'es-tu sentie jugée ?

Mais il y avait autre chose.

Autre chose que j'ignore, que tu gardes en toi, que tu refuses de partager. Une souffrance. Tes larmes, je ne les ai pas inventées. Et elles n'étaient pas que de rage.

Il y a quelque chose qui ne va pas.

Quelque chose dont tu n'as pas voulu me parler. Alors tu m'as tenue à distance. Lointaine d'abord, comme absente. Puis explosive.

Derrière ces mots qui m'ont fait si mal, qui me blessent encore, je cherche à deviner ceux que tu n'as pas su, pas voulu me dire.

Tu serais donc mariée.

« Mariage ».

Depuis notre retour, ce mot me hante. Un mariage religieux sans mariage civil. Un mariage qui ne compte pas. N'existe pas.

Je me rappelle tes mots, « c'était plus ou moins un mariage ». Je n'avais voulu retenir que le « moins », enfouissant le mot « mariage » sous d'épaisses couches de refus. Tu ne m'en avais jamais reparlé. Nous n'avions rien fêté. Il n'y avait eu ni joie ni émotion quand tu me l'avais dit. Une non-annonce, pour un non-événement. Xavier restait pour moi l'ami retrouvé, l'amour d'autrefois et, parce que j'en avais reçu la confidence, l'amant d'aujourd'hui.

Je tente de me raccrocher à ça : et si finalement c'était vrai que tu ne le voulais pas ? Que tu ne t'étais prêtée à cette bénédiction que pour lui faire plaisir ?

À Pey, tu t'es retrouvée prise entre Xavier et nous. En déséquilibre, déchirée entre l'envie de te réjouir avec lui qui répand la nouvelle d'un mariage, et le passage sous silence de ce « petit truc » que tu n'as pas su nous dire. Que, peut-être, je n'ai pas su entendre. Entre le bonheur et la fierté qu'il ne parvenait pas à cacher et cet embarras qu'il suscitait chez toi qui le taisais. Comment aurais-tu pu concilier l'annonce de votre union et le silence de ta blessure secrète ? Cette entaille qu'en nous désintéressant de cet engagement religieux, ne cherchant pas même à en savoir davantage, nous avons laissée béante.

Je me répète ce mot, « mariage ». Pourquoi me heurte-t-il à ce point ? Pourquoi ai-je accepté l'amant et refuserais-je le mari ? Qu'est-ce que cela change, au fond ? Rien, absolument rien. Vous ne passez pas davantage de temps ensemble, vos états civils sont inchangés, tu n'es pas devenue Madame de L. Alors quoi ?

Est-ce la manière dont tu me l'as présenté ? Est-ce ta gêne quand tu m'en as parlé ? Mais ce malaise ne tenait-il pas à moi ? Si tu étais restée si évasive, mentionnant l'événement comme une chose sans importance, n'était-ce pas dans le souci de ne pas me blesser ? Tu sais mon attachement à papa, le deuil impossible. Les années qui passent, loin d'apaiser le manque, n'en finissent pas de creuser le vide. Plus son souvenir s'éloigne et plus je m'évertue à le rattraper, de plus en plus certaine d'être passée à côté de lui, embellissant les images, réinventant le lien, récrivant le passé à l'aune des regrets et des remords. Ce n'est plus tant le père disparu qui me manque que celui redessiné par huit ans d'absence et de silence.

On peut avoir un mari et un amant, l'un ne fait pas disparaître l'autre. On ne peut avoir deux maris sans que l'un ne soit plus. Tu avais un mari et depuis cinq ans tu avais un amant. Dis comme cela, papa et Xavier demeuraient compatibles et je me suis réjouie de cette apparition inespérée dans ta vie d'un homme ne demandant qu'à t'aimer. Un compagnon qui te redonnait le goût de vivre à un moment où tu le perdais.

Ces cinq années, j'ai tout accepté. Je me suis accoutumée à votre cohabitation de plus en plus fréquente, à ton éloignement de plus en plus durable, à la place de plus en plus visible que Xavier occupe dans notre maison. J'ai accepté ses pulls et ses chaussettes dans les tiroirs de ta chambre, ses chemises et ses vestes dans la penderie de ta salle de bains, son rasoir sur la tablette de ton lavabo, ses pantoufles à gauche du lit, sur la carpette où, avant, papa laissait ses babouches marocaines. J'ai accepté le réveil des sens, le désir tardif, le retour du grand lit de cuivre, la vie à deux par intermittence. J'ai enduré tes froideurs, tes indifférences, tes minauderies, tes caprices, tes récits de votre intimité, le renouvellement de ta garde-robe et de ta lingerie. Tout, je pouvais tout tolérer. Tout, tant que Xavier venait simplement s'ajouter à papa.

Tant qu'il ne lui ravissait pas la place.

Si Xavier est devenu ton mari, alors c'en est fini de papa.

De ton côté, tu commences à confier votre « bénédiction » à tes amies. Petit à petit, la nouvelle de ce mariage se répand. Dans des cercles de moins en moins restreints, on se met à me parler de mon « beau-père » et de ton « mari ». Alors, inlassablement, je rectifie. Non, maman ne s'est pas remariée. Non, Xavier n'est pas mon beau-père. Non, rien n'a changé. Simplement, à présent, le bon Dieu est d'accord, voilà tout. Le mari de maman est toujours, sera toujours, papa.

Je me demande comment mes frères prennent tout cela. Je ne sais pas comment tu leur as annoncé, à eux, ce qu'à moi tu n'osais pas dire. Sans doute as-tu usé avec eux d'autres mots, sans doute as-tu appelé un mariage, un mariage. J'ignore s'ils considèrent Xavier comme ton nouveau mari, s'ils parlent de lui comme de leur beau-père. Nous nous voyons peu, nous parlons peu, et jamais de ces choses-là. Peut-être ont-ils compris que je n'en ai pas envie. Ou bien tu leur as dit mes réticences et ils évitent la question. Ils me trouvent sûrement ridicule.

Comme pour mieux marquer cette nouvelle ère, tu as donné ton aval. Ils ont enlevé l'araucaria. D'un coup de scie, ils ont tranché son tronc frêle. C'était l'arbre de papa, c'était lui qui l'avait planté près du tennis. C'est vrai que depuis quelques années il avait pris une drôle de couleur rouille, comme s'il avait brûlé. C'est vrai aussi qu'il était sans doute mort, ça ne rimait plus à rien de le garder. Ce n'était pas une raison pour l'arracher comme ça. Je t'avais dit que je n'étais pas d'accord. Et puis, tu le sais, j'ai toujours un problème pour accepter l'absence des morts.

C'est comme les vieux numéros de *Paris-Match* qu'il y avait dans le garage. Papa les avait tous conservés depuis 1950. Et les *Jours de France* aussi, et les *Illustration*. Il disait qu'un jour ça vaudrait de l'argent, tout ce papier. Le premier été qui a suivi sa mort, vous avez tout jeté. Tu m'as dit : « On a fait du tri avec tes frères. » Du tri… J'avais pu sauver *in extremis* ses vieux agendas qui se trouvaient encore dans le tiroir de son bureau. Il y avait consciencieusement consigné la date de son premier infarctus un début de décembre ; puis, huit semaines plus tard, un jour de février, il avait tracé une petite croix ; puis, encore huit semaines plus tard, il avait coché timidement chaque jour, une sorte de décompte funeste, comme s'il attendait quelque chose, comme s'il s'était douté… Comme chaque année, il avait entouré la date anniversaire du premier infarctus de son père, puis, huit semaines plus tard, celle de l'anniversaire de sa mort. Étrange jeu de miroir entre la vie de son père et sa propre existence, celle de son père achevée à soixante-trois ans, la sienne à soixante-treize, dix ans plus tard presque jour pour jour. Je me rappelle, une des premières pensées qui me sont venues quand j'ai appris sa mort fut qu'il avait respecté la moyenne : la radio venait d'annoncer que la longévité des hommes français était passée à soixante-treize ans. Jusqu'au bout son fichu respect des règles.

J'avais récupéré les agendas dans la corbeille à papier. Il y avait noté le temps qu'il faisait, ses rhumes, ses crises de crampes… Régulièrement, il les feuilletait, s'arrêtait sur la date du jour. Il nous disait : « Tiens, l'année dernière, le 6 avril, il neigeait… » ; ou encore : « Le 28 septembre de l'an dernier, j'avais une crise de foie. » Comment aviez-vous pu jeter son dernier agenda, les souvenirs des derniers rendez-vous auxquels il ne se rendrait jamais ? La dernière fois que j'avais vu ces carnets, dans le grand tiroir de son bureau, j'avais été tentée de les prendre. J'avais hésité. Je ne m'en étais pas senti le droit. La vie de papa ne m'appartenait pas. Il n'était pas seulement à moi, nous étions trois. Quatre avec toi.

J'ai sauvé son rond de serviette, tout désargenté mais qu'importe. Sa montre, aussi, que tu voulais donner au fermier en souvenir de lui et que j'ai gardée.

« Tu es égoïste ! »

Tout de suite je regrette ce déjeuner. Qu'avais-je besoin de lui raconter tout ça, à ce type que je connais à peine et qui vient me tancer comme une gamine ? Un psy, en plus ! Il ne comprend rien. Ne sait rien de ma douleur. Je voudrais me lever, le planter là devant son filet mignon aux abricots. De quel droit me juge-t-il ? Égoïste ! Et puis quoi encore ? J'étais ton centre du monde, et il avait suffi du retour d'un homme dont tu m'avais toujours dit qu'il t'avait laissée tomber il y a cinquante ans pour tout bouleverser.

« Elle n'a peut-être plus tant d'années que cela à vivre, ta mère a le droit d'être heureuse, tout de même ! »

On ne sait jamais vraiment qui l'on est. Moi qui me pensais moderne, libérée, tellement plus tolérante que mes frères, voilà que je me découvre intraitable. Moi qui m'étais moquée de ces filles qui s'acharnent à refuser le remariage d'un père ou d'une mère, qui jouais les psys de cuisine en leur expliquant que lorsqu'on aime ses parents, leur seul bonheur doit suffire à faire le nôtre, je me révèle pire qu'elles. Pourquoi je n'accepte pas que tu sois heureuse ? Combien de fois, pourtant, m'as-tu répété que tu n'oubliais pas papa, qu'il avait été l'homme de ta vie, que tu ne regrettais rien. Mais non. Je ne peux pas. Je crois que je te préférais malheureuse sans lui plutôt qu'heureuse avec Xavier. Je crois qu'au fond de mon égoïsme, je ne t'autorise pas à vivre, à rire, à aller bien sans papa. Peut-être aussi que, parfois, je me dis que tu méritais un autre genre d'homme. Qu'avec un homme plus ouvert aux idées nouvelles, plus fantaisiste, plus flamboyant aussi, un homme que j'aurais pu admirer, qui m'aurait fait rire, il en aurait été autrement. Peut-être.

Le temps passe doucement. Et doucement je m'habitue. J'ai cessé de te chercher tout le temps et partout. Quand nous nous voyons, je fais de mon mieux sans en faire trop. Quand je suis agacée, je m'efforce de ne pas le montrer. Ma vie tourne autour de mon travail, mon mari, mes enfants, mes amies. Je me raconte moins. De toute façon, tu ne sais plus très bien qui sont mes amies, tu oublies les prénoms. Il y a « celle qui était si jolie », « celle qui a eu trois maris », « celle que j'ai vue dans le Midi », celle dont tu connaissais la grand-mère... Tu t'intéresses toujours un peu à mon travail sans bien comprendre en quoi il consiste. Les gens qu'avant tu m'enviais de rencontrer semblent à présent te laisser indifférente, à part peut-être Jean d'Ormesson dont régulièrement tu me demandes si je l'ai revu. Tu t'es fait opérer à Montauban de la cataracte, un œil après l'autre, et aujourd'hui, alors que ma vue commence à baisser et que je devrai bientôt porter des lunettes pour lire, tu es fière de pouvoir te passer des tiennes.

Mon petit garçon a eu trois ans en juin et ce premier week-end de septembre nous sommes venus profiter des derniers soleils de l'été qui s'étire. Entre mon second fils et Xavier, un étrange lien se noue. Ils s'entendent bien, tous les deux. Comme un grand-père et un petit-fils. Un grand-père affectueux, qu'il a toujours connu auprès de toi. Comment pourrait-il savoir ? Que pourrait-il connaître de l'histoire ? Peut-être pour marquer la différence, ne pas risquer de me blesser, Xavier a tenté de se faire appeler « oncle Xavier », mais très vite pour lui aussi, comme pour son grand frère, il est devenu « le vieux Xavier ». À trois ans, il l'appelle par son prénom et le tutoie quand ses propres filles et petits-enfants le vouvoient. Ce samedi, alors que l'un vient de se jeter au cou de l'autre, Xavier se penche vers lui :

« Alors, dis-moi, qu'as-tu appris à l'école ? »

Mon fils le regarde et, fier de ses récentes découvertes, lui répond :

« Ta gueule, pédé ! »

Tu as blêmi.

Alors que je me fâche, Xavier, lui, n'en finit plus de rire.

Tu es heureuse. Malgré tes sautes d'humeur et tes caprices, tu me le dis. Tu me parles de ta chance, et je te crois. Tu l'écris, même, confiant ton bonheur à une auteure venue s'entretenir avec toi pour un livre sur le grand âge : « Je suis très heureuse de partager ma vie avec Xavier, d'être encore désirée, courtisée, aimée, de pouvoir penser à quelqu'un, de recevoir des lettres d'amour… »

Je le suis sans doute, moi aussi. Peut-être simplement ne sais-je pas en profiter comme toi. Est-ce à mon intention que tu ajoutes : « Je trouve que c'est plutôt rassurant pour des enfants de se dire qu'au lieu d'être tout seul et déprimé, et de les appeler pour gémir et se plaindre, leur parent est heureux. Ce devrait être un soulagement. Il y en a qui ont le don de se créer des problèmes et de provoquer les drames. Vous savez, je crois qu'il y a une aptitude au bonheur. La vie est si courte, il est impardonnable de la gâcher. Il faut savoir apprécier ce qu'on a et être heureux sans chercher midi à quatorze heures. »

Cette aptitude au bonheur, tu l'as faite tienne. Une aptitude qui m'a toujours sidérée, que tu ne m'as pas transmise. Dans le ciel breton, tu vois la « culotte de gendarme » à travers les gouttes quand je ne distingue dans le bleu provençal que l'unique nuage, redoutant déjà le premier souffle du mistral et guettant le roulement du tonnerre. Ça m'a toujours épatée.

Ton frère a retrouvé une vieille photo de Xavier. Elle n'est pas datée. Il est debout, de profil. Le cheveu ras sous un képi de militaire, il est en uniforme. Un homme en tenue de cuisinier, long tablier blanc et toque blanche, lui tend une brochette que l'on dirait de viande grillée. Comment ton frère s'est-il procuré cette photo ? Je n'ai pas pensé à te poser la question.

Je scrute ce que je devine de ce visage flou en gris et blanc, cherchant ce qui t'a fait chavirer, puis espérer.

Étrangement, je n'avais pas prêté plus attention que cela aux nombreux clichés projetés sur le drap blanc, le jour de l'anniversaire de Xavier. J'y pense aujourd'hui seulement, devant cette photo pâlie, ce visage sur lequel passe une ombre qui le voile. Quel effet cela t'a-t-il fait de revoir l'homme dont tu étais amoureuse à vingt ans ? De le voir réapparaître sur le drap blanc, avec le visage de ses vingt-deux ans, l'âge auquel tu l'avais vu pour la dernière fois, peu avant sa disparition ? Quelle souffrance cette séance de projection avait-elle ravivée ?

Au fond, je crois que cela ne t'a rien fait. L'homme qui t'avait blessée n'était pas celui d'aujourd'hui. C'était celui de ton souvenir et celui-là n'avait plus ni âge ni visage depuis longtemps.

Pour tes quatre-vingts ans, c'est moi, avec l'aide de mes frères, qui m'occupe de tout. Le choix des invités, la conception des cartons, la décoration du grand salon, l'habillage des tables, le menu, le traiteur, les photos, un discours retraçant les grandes étapes de ta vie, et le cadeau commun, un séjour en Irlande, dans le Connemara. Il fallait trouver une destination adaptée. Un endroit où tu ne sois jamais allée, ce qui réduisait considérablement les possibilités, tu avais beaucoup voyagé avec papa. Pas trop loin non plus, on n'envoie pas une dame de quatre-vingts ans faire un trek dans les Andes. Pas trop chaud. Pas trop fatigant. De beaux paysages. Et puis, bien sûr, ce devait être un voyage pour deux.

Nous te fêtons avec quatre mois de retard. Un anniversaire dans une campagne perdue à quelques jours de Noël et du Nouvel An n'arrangeait personne. Le froid, la neige, les routes verglacées, la nuit qui tombe à l'heure du thé, la fatigue des derniers jours de l'année, tout cela incite plutôt à rester calfeutré chez soi. Alors nous avons attendu le printemps, que les arbres se rhabillent, que l'air s'adoucisse et se parfume. Et aujourd'hui, tes deux familles et tes plus proches amies sont là pour toi. Nous sommes le dimanche 13 avril et il fait doux.

Pour te faire honneur, j'ai acheté une robe en soie froissée lie-de-vin, asymétrique et somme toute assez laide, qu'en me regardant d'un drôle d'air tu as qualifiée de « bizarre ». Xavier, lui, a revêtu pour toi son élégant costume sombre sur une chemise blanche, mis des boutons de manchette dorés et noué une cravate rouge à petits motifs jaune d'or. Sous le soleil, une coupe de champagne à la main, il fume cigarette sur cigarette en souriant à la ronde, affable et heureux.

Comme trois ans plus tôt pour les quatre-vingts ans de Xavier, nous avons installé les tables du déjeuner dans le grand salon. J'ai acheté des nappes roses et des serviettes assorties et de jolies assiettes en carton rose et blanc pour l'entrée. Ce ne sont peut-être que papier et carton, mais le coup d'œil est plutôt réussi. Je me dis que tu vas trouver ça joli, tu vas voir le mal que je me suis donné pour prêter au salon vieillot et décrépit des couleurs de printemps, assorties à ton tailleur rose pâle.

Trois ans après, c'est ton tour de voir défiler ta vie sur un écran blanc, en photos et en mots maladroits, empreints de souvenirs heureux et de nostalgie. Une vie qui commence avec tes parents, se poursuit avec papa et s'achève avec Xavier.

Sur l'énorme gâteau, un « donjonais », spécialité locale à base de meringue et d'amandes que tu aimes tant, nous avons disposé quatre-vingts bougies rose vif que nous avons pris la peine de compter, puis d'allumer une à une. Pour en venir à bout, tu t'y reprends à quatre fois.

Le moment est venu d'ouvrir ton cadeau. Comme on ne peut pas ouvrir un voyage, il nous a fallu trouver des symboles. Intriguée, tu déballes le premier, un grand panneau cartonné sur lequel, à côté de photos de paysages irlandais, tes petits-enfants ont dessiné un drapeau vert, orange et blanc. Puis le second, un drôle de béret écossais à pompon vert d'où émerge une tignasse poil-de-carotte, qui te laisse bouche bée. Il faut t'expliquer. C'est un voyage en Irlande maman, pour deux personnes. Un voyage pour vous deux, oui. Pour la destination, nous nous sommes creusé la tête. Tu aimes les voyages mais pas trop loin, pas trop chaud non plus. Alors nous avons pensé à ton amour de la Bretagne, la mer, les côtes rocheuses… À mesure que tu comprends, je ne suis plus très sûre que nous ayons bien choisi. Tu sembles un peu sidérée, vaguement affolée à l'idée de faire tes valises et de t'envoler pour cette île que tu ne connais pas et où il pleut tout le temps.

Xavier, comme toujours, fait ce qu'il faut. Il attrape la perruque irlandaise, la met sur sa tête, un peu de travers, déclenchant l'hilarité de tous. Il joue le jeu, la garde sur lui pour la photo de groupe. Même affublé de ce couvre-chef ridicule, il reste le plus élégant d'entre nous.

Même si Xavier parvient à te faire rire, je crois que tu es déçue par ton cadeau. Tu peines à te réjouir. La perspective d'un voyage, où qu'il soit, te contrarie. Nous aurions dû le savoir. Tu es si bien chez toi, si bien chez lui, pourquoi voudrais-tu t'en aller ailleurs ?… Toi qui as tant de mal à bouger de l'une et l'autre de tes maisons.

Xavier sent-il ta déception ? Le voici, avec sa perruque rousse et son béret écossais, qui t'attrape la tête entre les paumes de ses mains qu'il a larges et puissantes, te serre, t'embrasse avec fougue. C'est le plus beau moment, celui où tu t'abandonnes enfin au bonheur, où tout ton visage rayonne, ton plus beau cadeau d'anniversaire. Un baiser fougueux pour tes quatre-vingts ans. Que vaut alors un périple dans les paysages tourmentés du Connemara à côté de cela ? À côté de tant d'amour ?

Tu es rentrée d'Irlande enchantée et la mine toute rose. Vous avez eu un temps idéal, frais et bleu. Vous avez fait de longues marches le long de la mer, et avez pu passer une journée avec l'aîné de tes petits-fils qui vit à Dublin. C'est toujours la même chose avec toi : tu n'aimes jamais l'idée de quitter ta maison, encore moins celle de t'asseoir dans un avion, mais une fois que tu es partie, et surtout arrivée, tu es heureuse. Tu as aimé la beauté sauvage du Connemara, les fjords et les montagnes vertes, l'accueil chaleureux des Irlandais, leur musique, les poneys, les moutons, les moules et le poisson fumé.

Puis, comme toujours, tu as retrouvé avec plaisir ta maison et tes petites habitudes.

Et moi je me dis que, finalement, il n'était pas si mal notre cadeau.

Jean, le petit frère de papa, est mort ce matin. Celui qui avait ton âge, celui dont il était si proche. Jean si fragile, si frêle ces dernières années. C'est un peu comme si papa venait de mourir une seconde fois. Jean, c'était le père de mes cousins préférés quand j'étais petite, ceux avec lesquels on partageait la maison de famille, devenue ta maison, et la grand-mère infernale qui l'habitait alors, ceux avec lesquels il m'arrive encore de sentir, parfois, ce qu'on appelle « l'esprit de famille ».

Jean, c'est toute mon enfance heureuse. Celle des longues vacances d'été avec mes cousins, des grandes tablées de Noël. Pendant que nos parents paressaient dans les transats à l'heure du café, on grimpait aux arbres, on faisait de la bouillabaisse dans nos seaux de plastique jaunes en mêlant de la terre, des feuilles et du pipi, on faisait le cochon pendu aux agrès en montrant nos culottes, ma grande cousine me faisait faire l'avion, on jouait au croquet et à la grenouille ; plus tard, c'est avec eux que je fumerais en cachette dans le pigeonnier. On se disputait, aussi ; j'avais envoyé une boule de croquet à la tête de ma cousine, que j'avais heureusement manquée. C'était aussi l'époque où après t'être brusquement levée de ton transat, tu m'avais un jour poursuivie jusque dans l'allée du potager, me menaçant de ton aiguille à tricoter. Qu'avais-je donc fait, qu'avais-je donc dit qui t'ait mise à ce point en colère ? Et ma tante, la femme de Jean, qui tentait de te retenir, que va-t-elle devenir, maintenant ?

Je me souviens des quatre-vingts ans de Jean. C'était il y a un peu plus de quatre ans, un samedi de juillet. Pour la première fois depuis l'enterrement de papa, je retrouvais ses deux frères. Avec l'âge, ils s'étaient mis à lui ressembler. Jean, autrefois si grand, avait rétréci, et Maurice, l'oncle jadis solide et fort en gueule, que je n'avais pas revu depuis des années, m'était apparu en vieillard chétif, sourd et chevrotant. Je me rappelle avoir eu un mouvement de révolte. Pourquoi étaient-ils encore là, eux ? Pourquoi eux, et pas lui ?

Sur les photos d'anniversaire, Xavier se tient près de toi. Il est beau. Il semble très à l'aise dans la famille de papa. Toujours une cigarette à la main, il rit, renversant la tête en arrière. Au milieu de mes cousins, moi aussi, sur les photos de ce jour-là, je ris. Je ris et pourtant je pense que ce n'est pas juste. Que Jean était le plus fragile des trois frères, celui qui avait déjà fait plusieurs crises cardiaques quand il avait suffi d'une seule, brutale et massive, pour m'arracher mon père. J'enviais mes cousines. Mes cousines qui, aujourd'hui, soutiennent leur mère effondrée. Mes cousines qu'aujourd'hui je serre fort dans mes bras, comme à l'époque j'aurais tant voulu qu'on me serre.

Hormis votre petite vie à deux, vos séjours chez l'un, chez l'autre, vos bridges, tu ne t'intéresses plus à grand-chose. Je suis parfois sidérée par ton ignorance des événements du monde. Tu n'es plus jamais au courant de rien. La planète cesserait brutalement de tourner, je ne suis pas certaine que tu t'en rendrais compte. Tu ne regardes plus tous les jours le journal télévisé, tu lui préfères les rediffusions d'épisodes d'Agatha Christie ou des *Brigades du Tigre*. Tu as bien maintenu l'abonnement au *Figaro* souscrit il y a des années par papa, mais tu ne le lis plus vraiment. Aucune information, fût-elle politique, économique, culturelle, sportive ou scientifique, ne retient ton attention. Tu ne consultes que le « Carnet du jour » et les programmes de la télévision. Toi qui étais si curieuse de tout, tu sembles à présent te ficher de tout. « Tu as vu que le prix Nobel de médecine a été attribué à un Français ? — Ah oui ? » « Ils ont trouvé des traces d'eau sur Mars ! — Ah… ? » « Rachida Dati est enceinte, on ne sait pas qui est le père… — Ah… »

Pourtant, je n'ai pas de souci à me faire pour ta santé mentale qui semble toujours au beau fixe. Selon tes propres mots, « de ce côté-là » tu es « bien mieux que lui » qui, prétends-tu avec coquetterie, oublie de plus en plus de choses, se répète, ne sait plus où il a rangé son portefeuille et passe des heures à chercher ses clés. Certes, tu as de la chance. Tu as une mémoire d'éléphant, tu résous sans peine des équations mathématiques sur lesquelles je bloque, ton orthographe est quasi parfaite et tu connais l'histoire de France sur le bout des doigts. Tu es aussi une excellente partenaire de bridge et tu as remporté plusieurs tournois encore récemment. Simplement, le monde t'intéresse moins. Peut-être aussi t'effraie-t-il un peu, alors tu te détournes.

La réalité, même si je ne veux pas la voir, que je ne veux pas savoir, c'est que tu vieillis. Ta voix pourtant est toujours jeune et ton pas alerte. Tu tombes parfois, mais ce n'est pas un signe de l'âge, tu es toujours tombée. Depuis que je suis petite tu butes, te tords le pied, t'emmêles les chevilles, manques une marche, t'affales sur le trottoir. Tu as toujours été comme ça, en déséquilibre permanent. Les rares fois où nous marchons encore ensemble dans les rues de Paris, tu te plains que je vais trop vite, mais c'est toi qui n'avances pas, qui n'avances plus. Tu souffles, tu t'accordes des pauses, de plus en plus je dois t'attendre.

Je te regarde. Pour la première fois depuis longtemps, j'arrête mes yeux sur toi. Je cesse de fuir ce que je refuse si fort de voir. Tu as changé. Quand ? Je ne sais pas. Je ne l'ai pas vu venir. Ton âge me prend par surprise.

Je te regarde. Ton visage est de plus en plus froissé même après une bonne nuit de sommeil. Tu as une tache sur ton chemisier, ou un collant filé, tu ne l'as pas vu, il faut que je te le dise et cela me gêne.

Je te regarde. Quand tu vas faire ta promenade dans les bois, maintenant, de peur de tomber, tu prends une canne. Cela te donne un pas un peu de guingois, imprime à ton corps un drôle de mouvement de bascule.

Je te regarde. Tu es de plus en plus petite. Ta tête s'est comme arrondie et tu as le cheveu plus plat, plus clairsemé. De temps en temps, tu lâches un profond soupir, comme le faisait ta belle-mère, de ces soupirs las qui t'exaspéraient tellement. Elle était si vieille, elle, avec son chignon blanc et son teint de cire, toujours vêtue de gris et noir. Aujourd'hui, tu approches de l'âge qu'elle avait à sa mort.

Tu t'habilles de couleurs gaies, ton visage garde encore un peu de la fraîcheur rosée de sa jeunesse et tes cheveux sont teints, mais tu deviens toi aussi une très vieille dame. Tout cela me fait mal et, bizarrement, je t'en veux un peu.

Cette année, nous n'avons pas fêté Noël ensemble. Tu nous l'avais annoncé à la fin de l'été. Noël dans ta maison, avec nous tous, revenir en plein décembre, faire le voyage depuis Montauban, tu ne voulais plus. Tu es trop bien là-bas, au chaud, avec Xavier. Sans enfants, sans petits-enfants, sans le froid, sans la neige, sans tout ce qui fait Noël. C'est trop fatigant. Tu dis que nous ne nous rendons pas compte. Qu'à ton âge, on n'a plus envie. Plus envie de ces grandes tablées, de ces veillées qui n'en finissent plus, du bruit, du désordre, ta maison sens dessus dessous. Alors, pour la première fois, tu n'es pas revenue. Tu es restée à Montauban, avec Xavier. Vous avez passé la soirée au calme. La messe, un bouillon, une orange et au lit. Le lendemain, je t'ai appelée pour te souhaiter un joyeux Noël. Xavier avait ouvert une bouteille de champagne et vous vous apprêtiez à manger un peu de foie gras des Landes avec du pain grillé. Tu semblais reposée, ta voix était douce et joyeuse.

Pour nous, Noël sans toi était un peu triste. Ta maison est restée fermée, ça n'avait pas grand sens de nous y retrouver alors que tu n'y étais pas. Nous avons passé les fêtes chacun de notre côté, avec nos enfants. Au milieu de janvier, nous t'avons proposé de venir nous rejoindre pour un déjeuner familial. Pour toi, venir à Paris n'est pas si compliqué, le train est direct, et à ton arrivée mon frère aîné t'attendra à la gare pour t'emmener chez lui, à Saint-Germain-en-Laye. Xavier n'avait pas envie de bouger, tu as accepté de le laisser seul pour quelques jours.

Tu aimes bien Saint-Germain-en-Laye, tu trouves que tout y est plus facile qu'à Paris. La vie y est plus douce, plus lente, et tu es tout près du centre-ville, un peu comme à Montauban. Chez mon frère, tu as une belle chambre, une salle de bains pour toi seule, l'atmosphère est familiale et paisible. Nous nous réjouissons tous de te retrouver, nous tes enfants et tes neuf petits-enfants.

Mais en arrivant chez mon frère, c'est le choc.

Tes cheveux. Qu'as-tu fait, maman ? Ou plutôt, que n'as-tu pas fait ? Ils ne ressemblent plus à rien. Châtain en bas, gris en haut.

Il y a peu de temps encore, tu m'avais demandé mon avis. Tu en avais assez de passer des heures chez le coiffeur pour refaire ta couleur, ce doux châtain blond qui t'allait si bien, que je t'ai toujours connu. Je t'avais dit non. Je ne voulais pas d'une mère aux cheveux blancs. Mon frère Xavier non plus ne voulait pas en entendre parler. Mon autre frère, lui, trouve ça très bien. Lui n'a pas de souci avec les années qui passent, il se fiche de son âge comme du tien, n'attache pas d'importance à l'apparence. C'est sûrement lui qui a raison, mais moi, je ne suis pas prête.

Tu as voulu les laver toi-même, ils sont mal mis en forme, tu n'as jamais su te faire un brushing. Tu n'es plus la jolie maman dont j'étais si fière, à laquelle j'avais tant envie de ressembler un jour. Ce n'est rien pourtant, juste la couleur de tes cheveux, mais j'ai envie de pleurer. C'est encore un morceau de toi qui s'en va. Ce ne peut être toi, cette femme mal coiffée qui fait soudain son âge. Je ne te reconnais pas.

Xavier te préfère comme ça, me dis-tu d'un air de défi. C'est lui qui t'a poussée à franchir le pas.

Je t'avais acheté pour Noël un chandail couleur vieux rose, doux, élégant. Je l'avais choisi pour toi, ma mère encore jeune, ma mère en châtain blond. Je n'avais pas prévu qu'il serait porté par une vieille dame en gris jaune.

Avec mon frère, celui qui pense comme moi, nous essayons de te convaincre de faire marche arrière, il est temps encore. Nous nous heurtons à ton refus catégorique. Tu n'entends pas revenir sur ta décision. La couleur, c'est fini.

Et moi, d'un coup, je viens de prendre dix ans.

Peu à peu, tu t'indiffères. Le temps, sans doute, qui à mesure qu'il s'étire te fait voir les petits soucis de plus loin, tellement loin qu'ils s'effacent et ne te touchent plus. Alors tu laisses filer, comme de menus renoncements, un doux abandon. Avant, lorsque à la maison quelqu'un allumait une cigarette, tu rouspétais. La fumée, l'odeur et surtout, les mégots, qu'il n'était pas question d'écraser d'un coup de semelle dans la cour. Xavier fume des gauloises sans filtre, du tabac brun qui sent très fort. Dès le matin. Puis avant le déjeuner. Puis au moment du café. Puis tout au long de l'après-midi, dans la cuisine, dans la voiture, dehors. Le soir, au coin du feu, dans le salon, son fauteuil tout contre le tien, la fumée ne semble plus te déranger. Quand nous arrivons, dès le vestibule, l'odeur du tabac nous saisit. Elle est partout, imprègne les fauteuils et les rideaux, les vêtements et les cheveux. Alors nous râlons, tous. Sauf toi. Dans la cour, tu ne vois même plus les petits mégots blancs dans les graviers.

Je commence à me demander si c'est Xavier qui t'a changée à ce point, ou si, de toute façon, tu n'aurais pas changé toute seule. Je commence à me dire qu'il n'est pas responsable de tout. J'ai oublié le temps. Ce temps qui lisse, use et lasse. Qui fait que tant de choses n'ont plus d'importance.

Avec toi, avant, on pouvait parler de tout. Tu détonnais par ta curiosité, ton ouverture d'esprit, ton sens de la nuance. Depuis quelques années tu n'es plus la même. Ton esprit semble avoir rétréci au contact de celui de Xavier, plus étroit. Tu t'es raidie, tu me surprends parfois par un jugement radical, un couperet inattendu. Il arrive aussi que, de façon tout aussi inattendue, tu t'opposes à Xavier, réaffirmant tes positions d'avant, retrouvant tes idées larges. Il rit encore souvent, mais ne cède pas. Amusée, j'assiste à vos chamailleries. Vous ne vous chipotez jamais longtemps. Cela se termine toujours de la même manière ; au bout d'un moment, tu lèves les yeux au ciel et lâches un « Si vous voulez... » qui met fin à l'argument. Alors je retrouve ce ton qui me mettait en rage quand, enfant, je te répondais avec insistance et insolence et que, de guerre lasse, tu laissais tomber ce « Si tu veux... » avant de passer à autre chose, signifiant que la discussion était close et, somme toute, sans intérêt.

De mon côté, j'ai de plus en plus de mal à parler avec Xavier. Depuis toutes ces années, la liste des thèmes à éviter ne cesse de s'allonger. La guerre. La patrie. L'armée. La famille. De Gaulle. Pétain. Les Allemands. Les socialistes. Sarkozy. L'éducation. L'école libre. La messe. Le pape. Les intégristes. Les scouts. Le mariage des prêtres. Le travail des femmes. La date de péremption des yaourts, du lait et du jambon. Le pain rassis. Les piercings. Les tatouages. La manière de laver son chien. Les dangers du tabac. Le bio. Le rap. La discipline. Les voyages. L'eau minérale. La pilule. L'avortement. Coluche. Gainsbourg. Les journalistes. La colonisation. Le vouvoiement. Les grèves. Les guêpes. Le café réchauffé. Internet.

Alors je vous laisse à vos tendres chamailleries et je me tais. De toute façon, il entend de moins en moins.

Tu m'as écrit. Une longue lettre.

Des mots intimes, des mots que je ne pensais jamais devoir lire, certains que j'aurais préféré ne jamais lire, de ceux qui font mal parce qu'ils écornent le roman familial.

« J'étais une petite fille sans problèmes mais excessivement timide... » Sur six pages, tu me fais un résumé de ta vie. Ton enfance heureuse, « j'ai grandi au sein d'une famille très peu argentée, mais dans une ambiance d'amour et de détente. Jamais je n'ai entendu mes parents se disputer, ils s'aimaient et nous aimaient, et c'était suffisant pour être heureux », puis la pension, « j'ai pleuré tous les soirs pendant deux mois et puis... je m'y suis faite ».

Suit ta rencontre avec Xavier, « au printemps 1944 j'ai fait la connaissance d'un Saint-Cyrien qui me parut sympathique et avec qui je discutais beaucoup. J'ai dû le voir cinq ou six fois... Là-dessus les Alliés sont arrivés et ont libéré Paris. Mon Saint-Cyrien a rejoint son régiment... Nous avons eu une correspondance assez suivie dans laquelle il faisait des allusions discrètes au sentiment qu'il éprouvait à mon endroit... J'ai donc cru au père Noël et, bien innocente, que c'était l'homme de ma vie. En août je crois, il est revenu avec son régiment dans la région parisienne. Il m'a fait cadeau d'un livre sur la 2e DB... Je l'ai vu une fois et puis... plus rien... En octobre, étonnée de ce long silence j'ai demandé à une amie commune de se renseigner. Quelques jours plus tard, elle m'a dit, un peu gênée, qu'elle croyait qu'il était fiancé avec une jeune fille que lui "avait trouvée sa mère"... J'ai beaucoup pleuré, puis au bout de quelque temps j'ai jugé qu'il n'en valait pas la peine et me suis dit que j'épouserais le premier jeune homme sérieux à qui je semblerais plaire... ».

C'est là que tu as rencontré papa, « il était gentil, dansait très mal, et me plaisait sans que j'en sois vraiment amoureuse... Il m'a embrassée un jour, après une partie de tennis. C'était la première fois pour moi... Et quand il m'a demandé de l'épouser, j'ai dit oui ».

Qu'il dansait très mal, je l'ai toujours su. La suite en revanche, sa dureté, ta déception, le repli sur toi-même, je ne savais pas. « Dès le début, ce fut infernal... C'est vrai, j'étais plutôt désordre, je ne savais pas faire grand-chose en cuisine, j'avais du mal à bien tenir mon ménage. C'était un changement brutal après l'ambiance dans laquelle j'avais toujours vécu... C'est vrai je crois qu'à partir de ce moment je me suis endurcie. Je ne voulais pas continuer à être malheureuse, je voulais que tout me soit égal, surtout je ne voulais pas que mes parents se doutent de ma tristesse… »

« J'ai tenu le coup dix ans, m'endurcissant de plus en plus… »

Puis, des années plus tard, ma naissance. « Une fille, quel cadeau pour une mère ! Tu n'étais pas facile… Tes frères étaient mariés, je les sentais plus loin de moi ; toi, tu me restais proche et j'espérais que cette proximité durerait toujours… Et puis tu as rencontré ton mari. »

Les dernières années, papa et toi vous étiez rapprochés, tu étais presque heureuse. Et lui aussi, il t'a quittée. « Je garderai toujours en moi le souvenir de cette demi-heure où je suis restée assise à côté de lui étendu sur le lit, qui ne pouvait plus respirer, à attendre l'arrivée du Samu, ne sachant que faire. Jusqu'au moment où il m'a dit “Je vais passer” et c'est ce qui arriva… »

« Un jour, trois ans après, j'ai reçu la lettre de Xavier… J'étais hésitante, je lui en voulais car je pensais qu'il s'était mal conduit envers moi. Mais je voulais savoir pourquoi, alors je lui ai proposé de venir déjeuner… La suite, je te l'ai racontée. »

La suite, pourtant, tu me la racontes à nouveau, avec d'autres mots, des précisions et des développements que j'ignorais. Que, peut-être, j'aurais préféré continuer à ne pas connaître, comme ceux de tes débuts difficiles avec papa. « Je crois, conclus-tu, que j'étais destinée à n'être aimée que par des hommes avec lesquels il est bien difficile de vivre… »

De Xavier, tu écris « il est venu à un moment où j'avais besoin qu'on m'aime… Je me dis aussi qu'il a donné un sens à ma vie ».

Tu termines par une question, « Me suis-je éloignée de toi ? Je ne le pense pas. Tout n'est pas facile pour moi en ce moment et j'aurais besoin de sentir chez toi de l'affection et même un peu de tendresse… Est-ce trop demander… ? »

Tu as joint la copie d'un texte, une feuille recto verso. Ce sont les mots du prêtre, celui qui vous a mariés. Tu aimerais que je les lise. Ces mots, ce sont tous ceux que tu n'as pas su me dire, ceux qu'aujourd'hui encore, alors que plus de quatre mois ont passé, tu ne sais pas trouver.

Je glisse la feuille dans une chemise à rabats.

Ta lettre m'a bouleversée. Il avait raison ce psy avec lequel j'avais partagé un filet mignon aux abricots. Ma mère avait le droit d'être heureuse. Ma mère avait le droit de vivre un amour, ma mère avait le droit d'aimer ailleurs, de se remarier même, devant Dieu ou peu importe qui, si cela devait faire son bonheur. Oui, il avait raison de me tancer. Ma mère n'avait plus tant d'années que cela à vivre, et ce bonheur, je n'avais pas le droit de le gâcher.

Nous sommes des enfants gâtés. Moi surtout. Rien ne doit nous déranger, venir dérégler nos petites habitudes, s'immiscer dans nos vies. En nous montrant plus accueillants, plus compréhensifs et plus chaleureux, nous t'aurions rendue si heureuse. Au lieu de quoi, j'ai le sentiment que nous avons un peu gâché ton bonheur. Et le sien, à lui aussi. Même s'il semblait que tu suffises à son bonheur, je crois que lui, peut-être, ne suffisait pas au tien. Il te fallait davantage. Il te fallait notre affection à l'égard de celui que tu avais choisi pour t'accompagner au bout de ton chemin. Je crois que nous ne sommes pas une famille généreuse.

Xavier est différent. Mieux élevé, plus soucieux des bonnes manières, plus à cheval sur la discipline, plus strict, plus inflexible. Il fume des brunes sans filtre, n'est pas particulièrement drôle, ne partage pas forcément nos goûts ni nos idées. Et alors ? Au lieu de moquer ses travers, nous aurions pu nous enrichir d'un savoir autre que le nôtre, d'une élégance, une manière d'être au monde et de parler qui le hissaient au-dessus de nous. Xavier t'a fait revivre et je ne suis pas loin de croire que si aujourd'hui, à bientôt quatre-vingt-dix ans, tu es encore là, avec toute ta tête, tes deux bras et tes deux jambes, il n'y est pas étranger.

Quand tu me parles de la tendresse que te portent ses filles, je sens ta tristesse et tes regrets. Alors je m'en veux. Sa peur de nous déplaire le rend un peu gauche, et cette gaucherie, qui pourrait m'émouvoir, m'agace. Tu le sens, alors toi aussi tu deviens gauche, gênée, maladroite.

Pourtant je crois qu'au fond, Xavier, je l'aime bien. Et quand je le vois fatigué, que je sens l'usure qui le gagne, je m'attendris. Parfois même, je voudrais te dire d'être plus douce avec lui. Te dire, comme me l'avait dit le psy, qu'il ne lui reste plus tant d'années que cela à vivre. Alors et même si c'est de plus en plus difficile, même s'il est de plus en plus souvent là quand tu préférerais être seule, si l'amour cède parfois la place à l'habitude, le trouble à la lassitude, n'oublie pas qu'en revenant te chercher il y a presque vingt ans, il t'a sauvé la vie. Qui sait où vous seriez, aujourd'hui, l'un sans l'autre ?

Cela aurait pu si bien se passer… Il aurait peut-être suffi d'un peu plus d'indulgence de ma part, d'un peu plus d'aisance et de naturel de ton côté. Et ce mariage… Qui sait comment j'aurais pris la chose si seulement tu nous y avais associés, mes frères et moi, si tu avais fait une fête avec nous, tes enfants et tes petits-enfants, autour de vous, les tiens autour des siens ? Au lieu d'en faire tant de mystère, n'en parlant qu'avec peine, comme d'un secret dont tu aurais honte ? Si nous avions compris que pour toi aussi, cela avait de l'importance, si nous t'avions vue heureuse dans cet engagement que tu prenais avec lui, ton dernier amour ?

Tu m'as dit que ça te ferait plaisir que je vienne passer quelques jours avec toi au début de l'été. Xavier sera là mais tu sembles rechercher une autre compagnie, quelqu'un avec qui tu aurais moins besoin de pousser ta voix. Tu me dis que Xavier est de plus en plus sourd, que tu es obligée de tout répéter et que cela finit par t'irriter la gorge. Les enfants sont en vacances, l'un chez un ami, l'autre en stage de tennis. Je choisis donc de rester chez toi entre deux week-ends.

Il fait beau en ce début de juillet. C'est l'époque où nous aimions nous retrouver toutes les deux en Bretagne. Que tout cela me semble loin... Tous les jours, lorsqu'en milieu d'après-midi je paresse au bord de la piscine, tu viens me proposer une tasse de thé avec une tranche de pain d'épices ou quelques sablés. Alors nous nous installons à l'ombre des grands arbres et nous parlons, parlons, comme si notre temps désormais était compté, comme si demain ne devait jamais advenir. Dans les vapeurs de thé de Chine, nous rattrapons ces années où nous nous étions un peu perdues. Puis nous posons sur la table de jardin le panier de haricots verts ramassés aux heures fraîches du matin et, avec Xavier venu nous rejoindre sur notre banc, nous équeutons. Il ne prend pas vraiment part à nos conversations, se tenant un peu à l'écart de notre duo, comme papa autrefois.

À quatre-vingt-onze ans, Xavier a toujours belle allure. Mais si au-dehors elle fait illusion, sa tête, parfois, accuse le passage du temps. Depuis combien de mois ne l'avais-je pas revu ? Je ne sais plus, ça ne doit pas remonter à si loin, pourtant je le trouve changé. C'est que le temps ne coule pas comme dans un sablier, régulier, impassible. Le temps file, marque des pauses, s'accélère, repart plus lentement, passe l'air de rien, puis à nouveau s'emballe, soubresaute. Le temps avance par à-coups.

Xavier passe de longs moments dans son transat, le regard lointain, tenant sa gauloise d'une main, caressant son chien de l'autre, un nouveau Serpico, anglais celui-ci, un setter noir et blanc aux yeux larmoyants et aux paupières rougies, que tu trouves un peu collant. Le précédent a été enterré il y a quelques mois. Le temps passe aussi pour les chiens qui ne durent pas.

Avec Xavier, tu es moins patiente. Il te pose une question, tu lui réponds, il comprend de travers, tu corriges, puis tu répètes, un ton plus haut. Mais ce ne sont plus seulement ses oreilles qui sont à la peine. Cinq minutes plus tard, à nouveau, la même question. Je te regarde, un peu gênée. Tu réponds à nouveau.

À la troisième fois, tu ne fais plus d'effort. À ton agacement, je comprends que ce n'est pas nouveau. Que depuis plusieurs mois peut-être, tu subis cela. Et même si l'on se dit que c'est difficile pour lui aussi, qu'il ne le fait pas exprès, pour toi, à ton âge, c'est fatigant. Pour moi, bien sûr, c'est différent. Passé mon étonnement, ce côté professeur Tournesol m'amuse plutôt.

Il reste que Xavier a désormais un pied dans l'oubli. Avec le temps, les raisons qui l'ont amené à te quitter après le déjeuner de la rue Jouffroy s'enfoncent un peu plus dans le vide de sa mémoire. Tu ne m'en as plus jamais reparlé. La question te hante-t-elle encore ?

Mais au fond, quelle importance à présent. Depuis tant d'années que vous vous êtes retrouvés, voilà bien longtemps que vous n'êtes plus dans le prolongement de ce que vous aviez vécu il y a maintenant près de soixante-dix ans. Depuis bientôt vingt ans, vous écrivez une nouvelle histoire.

Une histoire à part.

Le dimanche, avant de te quitter, munie de ton sécateur rouge, je t'accompagne au potager. Tu tiens à ce que je reparte avec un bouquet des dernières pivoines roses. Bientôt, elles faneront sous juillet. Nous goûtons le soleil de fin de journée, celui qui chauffe sans brûler. C'est l'heure que tu préfères, celle où la campagne s'adoucit. Tu m'expliques qu'il faut cueillir les pivoines lorsqu'elles sont encore en boutons, qu'alors elles tiendront plus longtemps. Je sais tout cela, bien sûr, tu me l'as dit tellement souvent.

Tu prends mon bras et nous marchons jusqu'au bas du potager, là où avant, quand j'étais petite, il y avait des moutons. Nous passons les trois rangs de haricots verts, les plants de courgettes et de tomates cerises, et nous descendons jusqu'aux fraisiers. En faisant de petits moulinets avec ta canne, tu me dis que la terre est sèche, qu'il ne pleut pas assez, que tout cela a besoin d'eau. Que si ça continue, bientôt la campagne sera toute jaune et que ça ressemblera à l'Afrique. Puis ton regard s'égare, je le suis qui va se perdre par-delà les framboisiers, au-delà de l'ancien enclos des moutons. Tu n'es plus avec moi. À nouveau, tu fais des moulinets avec ta canne, drôle de petit Charlot avec sur la tête mon bob Paolo en guise de chapeau melon.

Au moment de m'en aller, le nez dans mon bouquet de pivoines, j'ai les yeux qui s'embuent. J'aurais tant voulu que cette semaine dure encore un peu. Prolonger ces vacances avec toi, comme des retrouvailles. Des retrouvailles au parfum des pivoines roses.

Encore un Noël qui s'achève. Je crois que tu as été contente de ces quatre jours avec nous tous. Avec mes frères, nous avions réussi à te convaincre de revenir. J'avais tout bien préparé. J'étais arrivée plus tôt, j'avais réchauffé ta maison, décoré le salon, aéré ta chambre, dressé une jolie table, fait pleuvoir des flocons de coton qui faisaient de petites lucioles sur la nappe rouge, allumé des bougies pailletées, cueilli des branchages que j'avais brumisés d'argent et de neige, et passé trois jours au milieu des casseroles et des marmites pour que tu n'aies rien à faire. Je voulais que tu sois mon invitée. Je t'ai offert deux jolis chandails, un rose et un bleu, et un plateau marocain pour le café. Quand je t'avais demandé ce qui te ferait plaisir de trouver dans tes souliers, tu m'avais répondu « rien », que ça ne valait plus le coup. Et au fond de moi je me suis dit que ce serait peut-être notre dernier Noël ensemble.

Tu es repartie, et ce soir, en montant me coucher, je ne sais pas pourquoi, je suis entrée dans ta chambre.

Tu as éteint les deux radiateurs, déjà il fait un peu froid. J'ouvre les tiroirs de ta commode, je veux vérifier que tu as bien emporté les deux chandails. Tout est bien rangé, soigneusement plié, comme après un départ pour longtemps. Si tout va bien, tu reviendras en avril, aux premiers beaux jours.

Je reste là un moment, debout près du grand lit de cuivre, à regarder cette chambre refroidie dont tu as retiré toute trace de vie avant de partir. Que tout soit impeccable, que rien ne traîne. Et je me dis voilà, ce sera comme ça quand tu seras partie pour toujours.

Quand je t'appelle à Montauban, je sens ton désarroi. Xavier oublie tout, il n'a plus sa tête, tu ne sais plus quoi faire. Il y a de l'inquiétude dans ta voix.

J'ai peur qu'il n'y ait rien à faire, maman. Vieillir à deux, ce doit être cela, aussi. Perdre un peu la tête ensemble. Parce que toi aussi, maman, tu commences à oublier. Ce ne sont encore que de petites choses, rien de bien important, ta tête est toujours bien là, mais tout de même, ta mémoire commence à s'effilocher. Tu as oublié ces délicieux rochers à la noix de coco que tu faisais avec moi pour accompagner le thé, et que papa aimait tant. Tu as oublié que tu adorais les concombres à la crème. Tu as oublié que tu avais les blettes en horreur. Et tout un tas de menus événements qu'il y a une année encore tu te plaisais à me rappeler, comme la fois où tu avais renversé un cycliste avec lequel, ensuite, tu t'étais chamaillée, exaspérée qu'il refuse de reconnaître ses torts et que papa prenne sa défense.

Que Xavier oublie ne me dérange pas. Mais que toi tu commences à avoir des trous dans ta mémoire, je ne le supporte pas. C'est encore un peu de toi qui s'en va, un peu de toi que je perds. Alors, quand tu ne sais plus, que tu te trompes dans un souvenir, je te contredis, et nous finissons toujours par nous disputer. Tu n'acceptes pas d'avoir tort, et je n'accepte pas que ta mémoire te trahisse. Je le sais pourtant, qu'il ne faut pas à tout prix vouloir rétablir la mémoire. Que la douleur est autant pour celui qui oublie que pour celui qui se souvient. Qu'à s'acharner, cela finit toujours mal. Et quand une énième fois je te certifie que tu adorais les concombres à la crème, tu secoues la tête, hausses les épaules et clos le sujet par cette phrase, à laquelle je ne me ferai jamais, « Oh alors si tu veux, allez, ça n'a pas d'importance », en regardant ailleurs.

Et moi je pense que si, ça en a de l'importance… Ce sont des petits bouts de notre vie d'avant qui, peu à peu, s'effacent et laissent des blancs dans ta tête.

Ces derniers temps, tu m'appelles plus souvent. Tu te mets à te soucier de ma santé, plusieurs de tes amies ont des filles auxquelles on vient de trouver un problème au sein. Tu t'inquiètes. Est-ce que je me fais bien suivre, au moins ? Tu sembles vouloir te rapprocher de nous. En janvier, tu as accepté de laisser Xavier tout seul quelques jours pour venir fêter le Nouvel An à la maison avec ceux des nôtres qui se trouvaient à Paris. Aux dernières vacances de la Toussaint, déjà, tu avais retardé ton départ pour Montauban afin de nous accueillir, les enfants et moi. Après le goûter, nous faisions tous les quatre des parties de crapettes, comme quand j'étais petite et que nous passions des heures à jouer aux cartes au salon pendant que papa travaillait dans son bureau. Un soir, tu as même ressorti ton jeu de mah-jong, une découverte pour les enfants, un retour en enfance pour moi.

À mon tour je me préoccupe de toi, de vous. Je te demande des nouvelles de Xavier, de ses filles, de son chien. Tu me racontes les petits événements de votre hiver. Les promenades dans les rues de Montauban où il fait si doux, le marché où vous achetez les légumes pour la soupe du soir, et toujours les mots croisés, épaule contre épaule, une grille et un crayon pour deux.

Que deviendras-tu si Xavier vient à disparaître avant toi ? Tu y penses, bien sûr. Mais c'est surtout de lui que tu t'inquiètes. Tu as peur de partir la première. Il ne s'en sortira pas tout seul, ce sera une catastrophe.

Alors que toi, tu t'en remettras. Tu as de la ressource. Tu as déjà pris des renseignements sur une maison de retraite du 7e arrondissement de Paris, près du Bon Marché. Pour l'instant, les listes d'attente sont pleines, tu as l'intention de renouveler ta demande l'année prochaine.

Moi aussi, je voudrais qu'il s'en aille le premier. Rapidement, sans souffrir, le cœur qui lâche. Je ne veux pas te voir partir là-bas pour faire l'infirmière. Je ne veux pas qu'il décline au point de te convaincre de t'installer avec lui dans une maison médicalisée du Sud-Ouest puisque, il te l'a dit, il refuse d'envisager une retraite parisienne. Entre lui et moi, je sais que c'est lui que tu choisirais.

Nous avons fêté tes quatre-vingt-dix ans. Nous étions moins nombreux qu'il y a dix ans, beaucoup de tes amis sont partis depuis, d'autres ne sont plus assez vaillants pour se déplacer. Nous t'avons offert une étole blanche en cachemire et un album que nous avons intitulé « Je me souviens », où chacun de nous, tes trois enfants, tes dix petits-enfants et tes neuf arrière-petits-enfants, a évoqué ses plus beaux souvenirs avec toi. Tu as dit que c'était ton plus beau cadeau.

Sur les photos de ce jour, tu es rayonnante. Nous avions choisi de tous porter du rose pour te faire honneur. Tes cheveux blancs, auxquels je suis bien habituée à présent, sont bien coiffés, tu as mis sur tes épaules un léger chandail blanc cassé et partout, tout le temps, tu souris. Je crois que jamais je ne t'ai vue aussi heureuse en photo, aussi vivante. Avec ta robe rose fuchsia, tu ne ressembles pas à une dame de quatre-vingt-dix ans.

Debout à côté de toi, Xavier est toujours le même, droit, élégant, son beau regard bleu jamais très loin du tien. À lui non plus on ne donnerait pas son âge. N'ayant pas de rose dans sa garde-robe, il a glissé dans la poche de sa veste une serviette en papier soigneusement pliée.

Je garde de cette journée de printemps où nous portions tous tes couleurs un souvenir pastel, le sentiment d'une tendresse partagée, celle d'une harmonie familiale retrouvée qui irradie la grande photo de famille prise sur la terrasse où, tous unis dans une communion de couleur et de douceur, nous t'entourons sur l'escalier de pierre. Tout au long du déjeuner, l'un après l'autre, chacun notre tour, avons défilé devant toi pour te déclamer nos souvenirs, ceux enfermés dans ton plus beau cadeau. Des histoires sépia, drôles et tendres, de confitures ratées, de voitures cabossées, de vol-au-vent renversés, de vaches échappées et de souris effrontées, nos mémoires mêlant aux couleurs du présent le noir et blanc d'autrefois. Autour de toi et pour toi, nous avons suspendu le temps et nos impatiences, oublié nos discordances et nos mésententes.

Le prochain anniversaire sera celui de tes cent ans.

C'est étrange, la vie… Toi qui assurais ne vouloir t'encombrer ni d'un homme, ni d'un chien, tu achèves la tienne avec un homme et un chien. Un homme qui aime le gratin dauphinois et le hachis Parmentier, un chien qui aboie, qu'il faut nourrir et promener. Je me rappelle tes yeux au ciel quand j'évoquais un possible remariage, « Je suis tellement tranquille, que ferais-je d'un homme dans mes pattes ? ».

Je me revois, cette nuit de juillet, assise près de toi, la lettre de Xavier étalée sur ton lit. Je revois ton regard plein d'étoiles, ta chemise de nuit rose, les fines bretelles, tes épaules dénudées dans la fraîcheur du soir. Et puis tes mots, « Il m'arrive une drôle d'histoire ».

C'était il y a dix-sept ans et c'était hier. Ça passe si vite, une drôle d'histoire, surtout les dernières pages.

Cette nuit, j'ai fait un rêve. J'étais à l'école. Dans la salle de classe, il y avait un grand tableau noir, très long, qui courait sur toute la largeur du mur. En m'approchant, je remarquais qu'il portait une règle métallique graduée avec un curseur que l'on pouvait déplacer de droite à gauche. Au-dessous, était inscrit un nom. C'était le tien, maman. Je regardais le curseur, il était presque au bout, à l'extrémité droite de la règle. Je comprenais alors que la règle représentait la durée de la vie, et les quelques centimètres séparant encore le curseur de son extrémité étaient le temps qu'il te restait à vivre. Elle devait mesurer plus de deux mètres de long et le curseur était placé à trois ou quatre centimètres de la fin. Je tentai de le faire reculer mais il n'y avait rien à faire, il était bloqué. Je me suis réveillée en nage, affolée.

J'ai soudain pris conscience de ta fin très proche. Il ne te reste que quelques centimètres de vie, tu ne devrais plus aller bien loin.

Et moi qui te croyais éternelle.

Comme chaque année après la Toussaint, tu es partie pour Montauban. Tu es juste revenue quelques jours dans ta maison pour passer Noël avec nous où, comme l'année passée, nous avons tout prévu pour que tu n'aies rien à faire. Xavier, lui, était accueilli chez l'une de ses filles. Avec mon frère, nous avons organisé ton convoyage, il est allé te chercher à Montauban et nous devons t'y ramener. Nous avons prévu de passer le Nouvel An dans le Midi et de faire un crochet pour te déposer.

Nous sommes partis dans la matinée. Le voyage a été long, nous avons choisi de prendre notre temps pour profiter des paysages d'hiver et de la traversée du Massif central. À midi, nous nous sommes arrêtés déjeuner dans le petit restaurant d'un village perdu. Pour une fois, la première peut-être, tu n'étais pas très pressée de rentrer à Montauban. Tu dis que ces derniers temps Xavier a encore « beaucoup baissé ». Il oublie de plus en plus, entend de moins en moins et fait de moins en moins de choses. Alors, depuis quelque temps déjà, tu as organisé ta vie là-bas, de ton côté. Tu sors retrouver tes amies pour un thé, jouer aux cartes ou aller au cinéma, poussant parfois jusqu'à Toulouse pour assister à la retransmission sur grand écran des ballets du Bolchoï. Lui, tout ça l'ennuie, il préfère rester chez lui, au chaud, à lire son journal dans son fauteuil en caressant son chien. Il t'arrive aussi de prendre le train pour Gaillac, à une cinquantaine de kilomètres de Montauban, où vit l'un de tes petits-fils. Tu as retrouvé la vie indépendante que tu avais acquise avec papa, te ménageant des moments pour toi, en dehors de lui. Des respirations nécessaires quand tu sens que peut-être, l'étouffement te guette.

Chaque jour, les trois années d'avance que Xavier a sur toi creusent un peu plus leur différence. Mais toi aussi, tu es fatiguée. Et quoi de plus fatigant que de prendre soin d'un homme vieillissant, dont la mémoire se détisse et s'effiloche en lambeaux de souvenirs, dont la patience s'émousse, même avec toi, et les mots, sans qu'il le veuille, se durcissent et s'assèchent.

Vous vous épuisez et vous usez l'un l'autre, c'est le lot de ceux qui ont la chance de vieillir ensemble. Et ni lui ni toi n'aimez rester longtemps séparés. Avec vos retrouvailles il y a presque vingt ans, était revenue très vite la crainte d'une séparation, celle d'un nouveau deuil. Tu me le disais, « je ne sais pas comment je supporterais une seconde fois l'épreuve de la perte ». S'aimer, c'est prendre le risque de se séparer.

Je m'inquiète pour toi, pour ta santé, ta résistance physique et mentale. Je t'ai posé la question, plusieurs fois, émue face à ton visage chiffonné : veux-tu vraiment y retourner ? Tu n'es pas obligée, maman. À quoi tu me répondais chaque fois que non, tu n'étais pas obligée, mais que tu te sentais tenue de prendre soin de lui. Qu'il avait besoin de toi. Qu'un profond et solide engagement vous liait jusqu'à vos derniers souffles. Et que cet engagement, tu avais à cœur de le tenir.

Nous arrivons en même temps que Xavier avec son petit-fils. Nous nous garons devant une grande bâtisse de notable, dans une rue étroite et triste qui renvoie aux décors gris des romans de Flaubert et de Balzac. Une journée humide de fin décembre n'est sans doute pas le meilleur moment pour découvrir Montauban. Xavier n'est pas au mieux de sa forme, il explique avoir pris froid et attrapé « de la bronchite ». Et de fait, il tousse comme un dératé. Il nous dit bonjour rapidement, à toi aussi, soucieux de ne pas nous passer ses microbes, puis, sans même retirer son manteau et son écharpe, s'assoit à son bureau, allume une cigarette et commence à ouvrir son courrier, déchirant soigneusement chaque enveloppe avec un coupe-papier. À chacune de tes questions, il met sa main en cornet autour de son oreille : « Vous dites ? » avant de se moucher bruyamment. Alors, patiemment, tu répètes mais ta voix ne porte pas. « J'entends pas... », s'agace-t-il et il retourne à son courrier et à son mouchoir.

Tu nous proposes de faire du thé. Je te suis jusqu'à la cuisine, tapissée d'un papier peint désuet à grosses fleurs orange. Pendant que tu t'affaires avec la théière et la boîte de Darjeeling, tu me désignes une porte de placard en formica où se trouve le service à thé. Les tasses, qui ne doivent pas servir bien souvent, sont collées à l'étagère, je les lave, les essuie et les dépose sur un plateau avec quelques biscuits ramollis.

Nous nous installons au salon. Une grande pièce magnifique qui sent bon le parquet ciré et l'autrefois. L'ensemble est un peu suranné mais on sent la bonne maison. Tout ici, quoique élimé, les fauteuils, les commodes, les murs, les boiseries, les portraits d'ancêtres, respire la vieille France et l'élégance.

Tu apportes une tasse à Xavier qui, toujours emmitouflé, lit le journal. Il n'a pas bougé de son bureau et ne semble vraiment pas vaillant.

Dans l'entrée, ronfle une vieille chaudière qui prend toute la place. « Vous savez, c'était toujours comme ça, avant, dans les maisons », explique-t-il devant notre étonnement. Nous t'aidons à monter tes affaires dans ta chambre, une belle chambre donnant sur le jardin, qui doit être bien agréable les jours de soleil. L'escalier est étroit, on n'y voit rien, la rampe est bancale, et je pense à toi qui tombes tout le temps. Je me demande comment tu ne t'es pas encore cassé une jambe ou le col du fémur en dévalant les marches.

En fin d'après-midi, il est temps pour nous de reprendre notre route. Nous t'abandonnons à regret à cette maison sombre, refroidie d'être restée inoccupée pendant toute une semaine, auprès d'un vieil homme malade et un rien grincheux... Tu nous rassures : ça va aller, tu sais le prendre, tu vas le soigner et tout ira mieux une fois qu'il aura récupéré. Je ne demande qu'à te croire.

Dans ce Midi où l'hiver n'est pas l'hiver, où Noël ne le sera jamais vraiment pour moi, sans neige, sans petite église romane éclairée à la seule lueur des bougies, je pense à toi. Je n'ai pas aimé te laisser là-bas, dans cette grande maison grise et un peu triste, je t'aurais bien emmenée avec nous jusqu'au bout de notre route.

Là où nous t'avons laissée aussi, il y avait quelque chose du bout de la route. Du bout de votre route. S'il a pris un peu d'avance sur toi, vous cheminez toujours ensemble. J'ai cette image de vous deux dans l'allée de ta maison, marchant lentement côte à côte, vos dos un peu voûtés, vos cannes battant la terre mouillée. Aujourd'hui il a ralenti, il marque le pas alors que tu trottines encore, t'affairant dans sa vieille cuisine, tenant sa maison, veillant à ce qu'il n'oublie pas ses médicaments que tu prépares chaque soir, avec les tiens, sur la table du petit déjeuner. Le temps a davantage épargné ta mémoire qu'il grignote avec moins de gourmandise. Tu peux veiller sur lui, combler ses défaillances, réparer ses oublis. Mais tout cela, pour combien de temps encore ?

À nouveau me reviennent les mots du psy. « Elle n'a peut-être plus tant d'années que cela à vivre. » Et même s'il devait partir avant toi, que serait ta vie sans lui ? Pourrait-ce être autre chose qu'un reste de vie ?

Je me dis que le moment est venu pour moi de réapprendre la douceur. De nous oublier un peu, moi et mes petits soucis, pour m'occuper de toi, faire passer ton bonheur qui n'en a plus pour si longtemps avant le mien qui, si la vie suit son cours, aura tout le temps de se construire. Et faire attention à toi, c'est aussi faire attention à lui, prendre soin de celui que tu as choisi d'aimer, jusqu'à la fin. Alors je me fais cette promesse. La prochaine fois qu'il sera chez toi, lorsque, comme chaque année, il te rejoindra au retour du printemps, je viendrai passer quelques jours avec vous. Je m'intéresserai à Xavier, lui demanderai de me raconter la guerre, de m'expliquer pourquoi après son élévation au grade de colonel il a démissionné de l'armée, pourquoi il n'aimait pas de Gaulle que dans ta famille on vénérait. Tant de ces choses qui jusqu'à présent m'indifféraient et dont peut-être, si je montre un peu de curiosité, je prendrai plaisir à entendre le récit. Quand il rira au moindre de tes mots ou de tes gestes, au lieu de lever les yeux au ciel je rirai avec lui. Quand il me posera dix fois la même question, dix fois je lui répondrai, feignant ne pas m'apercevoir de ses oublis. J'apprendrai la patience et l'indulgence.

Alors je comprendrai que ce n'était pas si difficile. Alors je ne lui en voudrai plus d'avoir pris la place de papa. Je m'en voudrai, à moi, de n'avoir pas su voir que la place qu'il occupe, celle du dernier homme de ta vie, n'est pas celle de papa. On ne remplace jamais un amour par un autre. Pourquoi m'aura-t-il fallu vingt ans pour le comprendre ?

Enfin je suis prête à découvrir ces quatre pages que tu m'as envoyées il y a plusieurs années déjà. Ces pages que je n'avais pas voulu lire, refusant d'en savoir davantage au sujet de ce que si longtemps, tu as appelé votre « bénédiction ». En me les envoyant, en m'invitant à lire, c'était ta manière à toi de partager ce moment fort de votre vie. Ce moment dont tu ne savais pas me parler, dont tu craignais si fort qu'il me blesse.

En haut de la première feuille le prêtre a noté les références de deux passages de la Bible, une lecture, Isaïe 66,10-14, et un évangile, Luc 11,1-13, dont j'ignore à quoi ils correspondent. Je n'irai pas voir. Suivent les lignes manuscrites des mots qu'il a prononcés à votre attention, dans ce couvent près de Montauban, devant vos deux témoins, deux carmélites.

« Ces deux pages de la Bible nous révèlent que l'amour que Dieu nous porte est à la fois un amour de Père et un amour de Mère.

« Un amour de Père, attentif à tout ce dont ses enfants ont besoin pour vivre, attentif surtout à ne pas les infantiliser, mais à leur donner l'énergie de son Esprit pour qu'ils agissent par eux-mêmes, librement.

« Un amour de Mère qui réconforte et donne la paix, la douceur, la chaleur qui fait vivre.

« Et, dans cette double révélation, la note commune de ce double amour est la tendresse.

« En Dieu-Trinité, l'Esprit est souvent comparé au baiser de tendresse que s'échangent le Père et le Fils : il est la tendresse en personne. Et Isaïe décrit cette tendresse à travers l'attitude de la femme donnant le sein à son petit, le portant sur la hanche comme ces Vierges médiévales, le cajolant sur ses genoux : rien que des gestes de tendresse. Notre Dieu est un Dieu d'Amour, plus, un Dieu de Tendresse.

« Et ce n'est pas le moindre aspect du sacrement de mariage que d'être la révélation humaine de cette tendresse divine à travers l'amour que se portent une femme et un homme.

« Cette tendresse s'exprimera de façons différentes chez la femme et chez l'homme, de façons différentes aussi à mesure que passent les années, mais la tendresse n'est pas réservée à un sexe seulement et elle n'a pas d'âge. C'est de tendresse dont on a besoin dans le regard de l'autre, toujours, depuis le berceau jusqu'au moment où l'on touche au rivage ultime de la mort.

« Mais alors, qu'est-ce que la tendresse ?

« Quand je tiens dans ma main la main d'un être cher, aussi délicatement que si je tenais dans mes mains un "oiseau blessé", qu'est-ce que je fais ? Qu'est-ce que je sens ?

« Je sens un élan du cœur qui se met en mouvement, un mouvement qui me fait me pencher vers l'autre. Je sens une ouverture, une dilatation en moi, j'ai l'impression de me fondre dans quelque chose de plus vaste que moi.

« C'est un peu comme si, dans ce geste de tendresse, on perdait l'habitude de prendre pour soi, de se servir de l'autre, comme si notre cœur fondait, se désarmait de toutes ses peurs, de toutes ses défenses.

« Dans un geste de tendresse, il y a une tension entre deux mouvements apparemment contraires : un élan du cœur qui cherche la proximité et, en même temps, une sorte de retenue, comme si, avec un geste trop fort et trop rapide, on pouvait blesser. Le respect et la douceur créent cette retenue, cette "distance d'amour" qui est le critère spirituel de la tendresse.

« Il y a en effet quelque chose de spirituel dans la tendresse : car, aller vers l'autre tout en gardant cette "distance d'amour", c'est respecter la frange de mystère de son être profond ; c'est lui donner la possibilité de s'ouvrir, de s'abandonner, de rayonner, d'être soi-même.

« C'est pourquoi un geste, un regard tendres peuvent véritablement transformer quelqu'un. En ce sens-là, la tendresse est créatrice.

« Dans la tendresse, on s'oublie soi-même, on s'efface pour l'autre, on s'émerveille, et c'est en fait une forme de contemplation maternelle. Poser un regard de tendresse sur un être cher, c'est comme poser son âme sur l'âme de l'autre, en l'effleurant à peine avec une infinie délicatesse. La tendresse humaine la plus pure peut transfigurer un geste de la main en “caresse de l'âme”.

« Mais la tendresse n'est pas, comme on le croit souvent, quelque chose de mièvre. En grec, le mot “tendresse”, *storgé*, a une racine, *ster*, qui veut dire “solide”. La tendresse, c'est quelque chose de solide, qui soutient solidement, c'est l'énergie de l'amour qui rend stable et endurant. Rien d'une mièvrerie amollissante, mais une force intérieure et créatrice qui se communique, de peau à peau, d'âme à âme, de présence à présence.

« C'est le côté viril de la tendresse qui conforte, aide l'autre à se tenir debout et à affronter les rigueurs de la vie et ses échecs sans en être écrasé.

« Avec le sacrement que vous allez vous donner dans quelques instants, puissiez-vous recevoir et manifester toutes ces grâces de tendresse que le Seigneur a préparées pour vous. »

De ces mots si bien choisis par le prêtre qui vous a unis, je retiens de la tendresse qu'elle « aide l'autre à se tenir debout ».

On a retrouvé Xavier étendu sur le sol de la chambre, entre le lit et la table de chevet. C'est Serpico, le cinquième du nom, qui a donné l'alerte, les aboiements n'avaient pas cessé depuis le milieu de la nuit. Sur le coup de sept heures du matin, l'une des demoiselles locataires est descendue voir.

Tu devais y retourner à la fin de la semaine. Nous avions passé Noël tous ensemble dans ta maison, il t'attendait pour le fêter avec toi. Depuis l'année dernière, quand nous t'avions raccompagnée à Montauban, tu n'y allais plus de très bon cœur. Tu étais fatiguée, tu ne te sentais plus la force. L'a-t-il senti ? A-t-il voulu te soulager, te libérer ?

Tu es partie le lendemain de l'appel de sa fille, c'est mon frère et ma belle-sœur qui t'ont emmenée en voiture. Tu n'as pas eu à faire ta valise, tu avais tout laissé là-bas.

L'enterrement a eu lieu à Pey. J'ai fait l'aller et le retour dans la journée. J'ai pris un train très tôt de Paris, seule, puis je suis rentrée le soir même. Il n'y avait pas grand monde. De ton côté, nous n'étions que quatre, toi, mon frère, sa femme et moi. La cérémonie fut belle quoique un peu froide. C'est ce jour-là, dans cette église d'un village des Landes, que j'ai entendu pour la première fois l'*Ave Maria* de Caccini, chanté par l'une de ses petites-filles. Quand l'un après l'autre, ses filles, un petit-fils, une nièce, ils sont montés sur l'estrade pour dire au revoir à Xavier, aucun ne t'a oubliée. À chaque « Mamouchka », tu sursautais, comme étonnée, puis tu hochais doucement la tête. En écoutant ces mots pleins de souvenirs, j'ai pensé à ceux que l'on dit aux anniversaires. Au fond, ils ne sont pas si différents. Sauf que là il n'y avait pas de drap blanc, juste du noir tout autour.

Je t'ai accompagnée jusqu'au cimetière. Serrée contre moi, toute perdue dans ton manteau de laine noire, ton bras accroché au mien, une dernière fois tu as marché près de Xavier. Il pleuvait, de ces grosses pluies du Sud qui cognent bruyamment sur les parapluies. Je n'ai pas pu attendre la mise en terre, des prières étaient prévues, j'avais peur de manquer mon train. On m'a déposée à la gare, épuisée et trempée. Je me suis endormie à Dax, réveillée à Montparnasse. Drôle de journée. Je me demande ce que va devenir Serpico.

Tu es partie trois ans après lui.

Après la mort de Xavier, j'ai commencé à te perdre. Tout doucement tu es partie dans un ailleurs où je ne pouvais plus te rejoindre. Tu avais encore les pieds au sol mais peu à peu ta tête s'en allait, comme aspirée vers le ciel. Tes oreilles ne nous entendaient plus toujours, et même tes yeux se mettaient à te jouer des tours. Tu te désolais de confondre parfois le pique et le trèfle au bridge, le I et le L au Scrabble... Tu aimais toujours la vie, quoiqu'un peu moins. Tu me disais « Je suis moins motivée ». Tu aimais ta maison, ta campagne, ta famille, pourtant ce n'était plus pareil. Xavier avait emporté une part de toi. Pourtant, tu ne souhaitais pas encore t'en aller tout à fait. Même si tu commençais à penser que le temps était venu, qu'à bientôt quatre-vingt-dix-sept ans tu avais fait le tien. Alors ce prochain voyage, tu l'as entamé tout doucement, à tout petits pas. Tu n'étais plus tout à fait là, tu t'échappais, tu t'en allais ailleurs, le regard dans le vague, perdu sur un horizon que toi seule semblais à même de voir. Dans le petit bureau du rez-de-chaussée, assise près du feu, penchée sur ton mot croisé, tu laissais échapper ton crayon, abandonnant ta tête sur le dossier de la bergère, et tu fermais les yeux.

Avant de partir ce mercredi d'octobre, tu as pensé à nous. Tu as fait ta vaisselle, rangé la cuisine. Mon frère s'était annoncé pour le dîner, dans le four tu as laissé à son attention une tarte aux champignons et, sur la gazinière, une marmite de soupe à l'oseille. Tu as rempli le congélateur de gratins de courgettes, de tomates farcies, de tartes salées et sucrées, de gâteaux, de poisson et de viande, de quoi tenir plusieurs semaines, t'assurant que nous ne manquerions de rien, nous, tes enfants, petits-enfants et arrière-petits-enfants, quand viendrait le moment de nous réunir autour de toi pour ton dernier voyage.

« Si jamais au-delà il y a, il y aura plus de potes là-bas que dans mon appartement », chante Ben Mazué. Et c'est vrai qu'autour de toi il ne restait plus grand monde. Là-haut, ils sont nombreux et ils t'attendent depuis si longtemps. Il y a Roger et Yvonne, tes parents ; Miche et Lucette, tes amies si chères, elles ont préparé la table de bridge ; Huguette et Nicole, tes cousines et leurs éclats de rire ; Louis, ton petit frère, impatient de te lire son dernier poème ; et puis, bien sûr, il y a tes deux grands amours : papa, qui t'espère depuis vingt-six ans, et on sait que la patience n'était pas sa plus grande qualité, et Xavier, ton premier amour qui fut aussi le dernier. Ils ont eu le temps de faire connaissance tous les deux ; ils ont dû se raconter leurs souvenirs de guerre et, surtout, parler de toi, beaucoup. Ils t'ont tant aimée.

Papa, Xavier et toi êtes partis tous les trois de la même manière. Le cœur qui lâche, à l'aube pour papa, au mitan de la journée pour toi, au milieu de la nuit pour Xavier. À vous trois, vous vous êtes envolés en vingt-quatre heures. Au même endroit, ou presque. Chez vous, dans votre maison, votre chambre, tout près de votre lit. Papa allongé sur ce même grand lit de cuivre à côté duquel tu t'es effondrée, Xavier au pied du sien.

Vous voici réunis tous les trois. Là où vous êtes désormais, personne n'a pris la place de l'autre puisque l'un et l'autre, ton premier mari et le second, sont auprès de toi pour l'éternité.

Bof

un peu ennuyeux

6/10

Imprimé en France par CPI
en avril 2021

Cet ouvrage a été mis en page par IGS-CP
à L'Isle-d'Espagnac (16)

Dépôt légal : mai 2021
N° d'édition : L.01ELIN000481.N001
N° d'impression : 163414